JOYEUX SUICIDE ET BONNE ANNÉE !

Sophie de Villenoisy est journaliste et auteure/scénariste. Elle a écrit plusieurs guides pratiques pour les éditions Leduc, ainsi que huit albums humoristiques de bande dessinée. Le dernier, *Bien fait !*, une comédie graphique, est sorti en 2015 aux éditions Delcourt. Elle a deux enfants et vit à Paris.

SOPHIE DE VILLENOISY

Joyeux suicide et bonne année !

ROMAN

DENOËL

ISBN : 978-2-253-06993-5 – 1re publication LGF

À Matthieu qui sait.
À Angus et Chine nos deux merveilles,
à Valérie qui ne se reconnaîtra pas,
à Marie ma pom-pom girl préférée
qui me soutient en tout.
À Hervé mon frère disparu
qui ne m'a jamais quittée.
Et enfin à Tatiana de Rosnay,
la bonne fée de ce livre.

À l'inconnu du quai de Seine,
sans qui je n'aurais jamais eu
le courage de me jeter à l'eau.
Merci à lui.

Papa est mort au petit matin. Quand le téléphone a sonné, j'ai tout de suite su que c'était l'hôpital, mais je n'ai pas eu le courage de décrocher. Pour quoi faire ? Je savais ce qu'ils allaient me dire. « Votre papa s'est éteint ce matin, il est parti, il n'a pas souffert. » Me voilà orpheline. Une orpheline de quarante-cinq ans ça ne fait pas vraiment pitié. Pourtant le vide est le même. Sauf qu'à quarante-cinq ans, personne ne voudra m'adopter. Je suis périmée. Périmée pour avoir des enfants et périmée pour avoir un homme aussi, on dirait.

Si je devais changer mon statut Facebook, je dirais que désormais je suis la fille de personne. Ni la femme ou la mère de quiconque, d'ailleurs. Je suis juste moi. Mais c'est qui, moi ?

Qui es-tu, Sylvie Chabert ?

Une fille émotive, sans aucun doute. Chez le conseiller funéraire j'ai été en dessous de tout.

Je n'ai fait que pleurer, balbutier et éclater des bulles de morve avec mon nez. Le monsieur me regardait, très digne derrière ses petites lunettes et son costume sombre de circonstance, sans rien laisser paraître. Pour lui c'était une bonne journée. J'ai dû acheter une nouvelle concession pour papa car celle de maman était pleine. Et je lui ai dit :

— Pendant que vous y êtes, mettez-m'en une deuxième, pour moi.

Son professionnalisme s'est légèrement fissuré.

— Ne me regardez pas comme ça, lui ai-je dit, je n'ai pas de mari, pas d'enfant, personne. Je suis la seule à m'inquiéter de mon avenir posthume.

— Ne dites pas cela, mademoiselle, vous êtes encore jeune, la vie est pleine de surprises !

— Laissez tomber, ai-je répondu en me mouchant, si je n'ai pas emballé à vingt ans, ce n'est pas pour le faire à quarante-cinq ou soixante ans.

Il n'a rien dit. Qui ne dit mot consent ?

Puis j'ai sorti mon chéquier. C'est la première fois que je me fais un cadeau aussi cher. Il y en a qui s'offrent des bijoux, des thalassos ou des croisières, moi c'est une concession funéraire. Un cadeau personnalisé, mais sans le joli emballage.

Je suis ressortie fourbue, perdue et allégée de presque quatre mille euros ! Le prix d'un six pieds sous terre cosy, avec vue imprenable sur les vers de terre. J'aurais mieux fait de m'offrir une croisière Costa, avec un peu de chance je finissais noyée en mer de Sicile ! Ça aurait plus de gueule. Mais je n'ai ni chance ni panache.

D'ailleurs je ne ressemble à rien. Devant le miroir je vois une brune à la chevelure sèche comme du crin. J'ai une telle masse capillaire que même un cancer n'en viendrait pas à bout. J'ai le malheur d'être née brune, plate et voûtée à une époque où les hommes aiment les blondes bien cambrées à gros seins. Je suis damnée. Condamnée à ne jamais plaire. Ni assez moche pour inspirer la pitié, ni assez mignonne pour inspirer le désir. Je suis médiane, atone, transparente, mi-moche, mi-quelconque, tout sauf bandante.

J'ai mal partout, je suis cassée comme un Vélib coincé sous un camion-poubelle. Ces dernières semaines ont été particulièrement éprouvantes, à faire tous ces allers-retours entre le bureau et l'hôpital. Entre ma moquette grise et le lino aseptisé. Mais maintenant c'est fini. Papa n'est plus là, je vais pouvoir reprendre le cours de ma vie, comme disent mes amis. À moi les petits plateaux télé ! Les soirées sushis devant un navet, ou une soupe, un yaourt et au lit !

Qu'est-ce que je vais bien pouvoir raconter maintenant ? Je n'étais pas si mal dans le rôle de la fille dévouée qui accompagne son père dans la maladie. Ça donnait un sens à ma vie. Elle était pathétique, mais avait ce petit côté « admirable ». Je me donnais corps et âme à papa. On se souciait de ma fatigue, de mon bien-être : « Tu te ménages, au moins ? Préserve-toi, pense à toi un peu, ne te laisse pas bouffer par ton père. »

Aujourd'hui je suis juste une célibataire un peu terne en préménopause, qui ne donne son corps et son âme à personne. Qui va me demander : « Tu baises un peu ? C'est important de jouir, ne te laisse pas bouffer par la solitude » ?

Je me sens tellement seule, seule et incomprise. Et moche.

— Pourquoi tu ne prendrais pas un chien ? m'a suggéré Véronique. C'est très affectueux et c'est une *vraie* présence !

Et pourquoi pas un rat ? C'est aussi très affectueux et c'est une *vraie* présence. N'importe quoi de vivant, dans mon cas, ferait figure de présence.

— Tu pourrais adopter ? Un petit Africain ? Avec le sida ils sont moins regardants sur les familles. Ça t'occuperait et ça te changerait les idées.

— Et ça ferait une présence ? ai-je ajouté.

Mais elle n'a pas relevé.

Véronique a l'art de me consoler. Je l'adore, mais quelques heures avec elle et j'ai comme une envie de me jeter sous un train. Ce qui entre nous ne serait pas si absurde. J'y pense de plus en plus souvent. C'est comme une pensée réconfortante, une petite bouillotte chaude et apaisante dans un coin de ma tête. Non pas que j'aie une folle envie de me jeter sous une rame de métro, je ne suis pas assez courageuse, beaucoup trop douillette pour ça ! En plus, poisseuse comme je suis, je serais capable d'y survivre ! Et alors, va retrouver la pêche avec deux jambes en moins ! Je n'ai pas l'âme d'une battante.

Mais m'allonger sur mon lit après avoir avalé une dose massive de somnifères... Pourquoi pas ? C'est tentant.

Certains jours j'ai l'impression d'être déjà morte. Je me sens vide. J'ai un corps, un cœur qui bat, mais mon âme est partie. J'ai éteint la lumière ou le fusible a sauté. L'œil ne brille plus. Le bernard-l'ermite a déserté sa coquille. Autant en finir avec ce simulacre de vie. Quand j'ai appris que j'allais hériter de cinq cent mille euros, ça ne m'a fait ni chaud ni froid. Enfin, ce n'est pas complètement vrai. Ça m'a encore plus plombée. Cet argent représente les économies de toute une vie, mais de quelle vie parlons-nous ? Tous ces voyages, ces moments de bonheur que mes parents auraient pu s'offrir, ces vacances au soleil, dans le désert, en Chine, en Mongolie, en Tunisie, en Croatie, en montgolfière, à dos de chameau ou à la neige. Ces menus gastronomiques, ces bouquets de fleurs, ces week-ends à la campagne, ou ces moules à la crème englouties un dimanche au soleil, sur un coup de tête. Mais non, papa a préféré entasser, jour après jour, semaine après semaine, mois après mois, année après année. Comme un bagnard qui agrandit son tas de cailloux. Mon père entassait ses sous. Pour tout dire, j'en ai eu le souffle coupé. Je n'ai pas le cœur à me réjouir ni à le dépenser. On dit que l'argent n'a pas d'odeur, ce n'est pas vrai. L'argent de papa sent le rance. Il est triste et moisi. Il ne fait pas rêver, il n'est porteur d'aucune promesse. Peut-être que Véronique a raison, je devrais aller voir un psy. Ça a l'air de lui faire tellement plaisir ! Et puis, au moins, elle arrêtera de m'envoyer toutes ces annonces de chiens abandonnés plus maigrichons et pelés les uns que les autres. Comme si je n'avais pas déjà assez de mon propre désarroi !

Je me réveille par une belle journée d'octobre. Je sais que ce dimanche sera solitaire comme presque tous les autres. La plupart des gens ont ce qu'ils appellent « le blues du dimanche soir ». Ils sont tristes que leur week-end se finisse déjà. Ils veulent continuer à se tenir chaud comme une portée de poussins. Ils n'ont pas eu leur dose de fous rires, de balades en famille, de câlins sous la couette ou de beuveries entre amis. Moi, j'ai juste hâte qu'on soit lundi. Hâte de sortir du silence. Mais aujourd'hui il fait beau, les journées ensoleillées ne sont pas si courantes à Paris, alors je souris malgré tout. Je décide de m'aérer un peu. Une petite promenade le long des quais et pourquoi pas un ciné ? Quand on vit seule c'est important de se faire un programme, si banal soit-il. Je décide de m'acheter un croissant en chemin pour m'épargner le ridicule de remplir mon lave-vaisselle avec ma petite tasse et ma petite assiette. Il faut bien un délai d'une semaine pour lancer une machine. Et encore, je triche, je la lance à moitié vide. J'erre un peu le long du canal au milieu des badauds, des mères de famille désœuvrées pendant que leurs petits font la sieste bien emmitouflés au fond de leurs poussettes. Il n'y a pas foule quai de Seine. Je prends la pause cinq minutes pour profiter des rayons du soleil. Un peu de luminothérapie ne peut pas me faire de mal et j'ai du temps à tirer. Quand soudain j'entends des cris. Une femme hurle en pointant du doigt le canal. Sans doute une hystérique qui a perdu son portable ? Mais je comprends à ses cris que c'est plus grave que ça. Et c'est là que j'aperçois une silhouette sombre au milieu du canal. Un corps flotte inerte, le visage dans l'eau. On pourrait croire à un tronc à la dérive, sauf que c'est un homme. Les quelques personnes présentes s'affolent comme des poules. La jeune femme hurle dans le vide. Un petit attroupement s'est créé autour d'elle. Je la regarde s'agiter son téléphone à la main. D'autres cris se sont joints aux siens. Je voudrais crier moi aussi, mais aucun son ne sort de ma bouche. J'ai un barrage au niveau de la glotte. Ma bouche reste grande ouverte comme un poisson dans son bocal. Je suis paralysée. Je ressens une forte tension intérieure, mon cœur bat la chamade et pourtant jc suis incapable de bouger. Comme si j'étais anesthésiée. Pourtant le corps dans le canal est bien réel. Je suis fascinée par cette silhouette immobile, ce bouchon humain. Il semble si calme, si paisible, presque en paix. Puis d'un coup, sans prévenir, la fille saute à l'eau. Elle nage jusqu'à l'homme, en six brasses elle le rejoint. Elle le retourne, l'homme ne réagit pas. Est-il mort ? Je me rapproche du petit attroupement, un homme attrape le corps pour le hisser sur la berge, la femme se laisse attraper également. Je la vois qui grelotte dans ses vêtements trempés. Sans m'en rendre compte, je m'approche d'elle et lui pose cette question idiote :

— Vous êtes sauveteuse ?

— Non, pas du tout ! me répond-elle en claquant des dents. C'est même la première fois que je fais ça !

Elle a l'air étonnée de ce qui lui arrive. Allongé par terre, l'homme recrache de l'eau au rythme des frictions énergiques qu'il reçoit, et reprend vaguement connaissance.

Alors le petit attroupement se met spontanément à applaudir la jeune femme. « Bravo ! Bravo, madame ! Heureusement que vous étiez là ! » Tous célèbrent joyeusement cette victoire sur la vie. Sans l'intervention de cette femme, il serait mort, à quelques brassées de nous. Complètement engourdie par ce qui vient de se passer, je réalise que je suis la seule à vouloir applaudir le noyé. Je l'envie d'avoir eu le courage de sauter. Comme lui, je veux mourir. C'est comme une révélation, une évidence, un soulagement. Je veux mourir. Vraiment. Pas dans cinq ou dix ans, mais maintenant. Sonnée et groggy, je prends le chemin de la maison. J'ai le cerveau en effervescence. Oui je veux mourir, oui je vais le faire, mais j'ai besoin d'en parler à quelqu'un. Pas à Véronique parce que mes envies de suicide risqueraient de se transformer en envie de meurtre. C'est mon amie la plus proche et je ne vois pas à qui d'autre je pourrais me confier. J'ai envie de mourir, mais parce que ça me soulage, j'ai besoin d'en parler. Je dois trouver une oreille compréhensive car tout mon être me crie que c'est la bonne décision.

Arrivée à la maison je consulte les pages jaunes. Comment trouve-t-on un psy ? Qu'est-ce qui est mieux dans mon cas ? Un psychologue ? Un psychothérapeute ? Un psychiatre ? Un psychanalyste ? Un comportementaliste ? Ah non, ça c'est pour les chiens. Je découvre toute une gamme de thérapies, j'ai l'embarras du choix.

Alors je me fie au nom et à l'adresse. J'élimine les femmes. Quitte à avoir des têtc-à-tête, j'aime autant les passer en compagnie masculine. Il y en a un pas très loin de chez moi. Franck Marchand. Franck, c'est pas mal Franck. J'étais amoureuse d'un Franck quand j'étais petite. Va pour Francky !

— Que puis-je faire pour vous, Sylvie ?

Franck me regarde bien en face, les jambes croisées dans son jean noir. Je vois ses muscles bouger sous son polo un peu trop moulant. Il doit être fier de son corps. Il peut, en même temps. Il a beaucoup de cheveux pour un homme de son âge. C'est vrai, de nos jours un homme chevelu est une denrée rare. C'est une espèce en voie de disparition. Je suis fière que mon psy ait le cheveu soyeux. On voit qu'il en prend soin. J'espère qu'il va me bichonner avec autant d'attention. Ses lunettes en écaille lui apportent la petite note rassurante. Comme un rempart entre son sex-appeal et moi. C'est plutôt agréable de s'allonger à ses côtés. Enfin, sur le canapé.

— Honnêtement ? Pas grand-chose.

— D'accord, alors dites-moi pourquoi vous êtes là ?

— En fait je suis assez motivée pour me suicider… mais je suis venue, comme ça, histoire de.

— Histoire d'être sûre ?

— Voilà.

Il me sourit, comme si on bavardait de ça et de rien. Je ne sais pas si les psys suivent un entraînement spécial pour entendre tout et n'importe quoi sans broncher, mais je trouve le mien très professionnel. Je suis bien tombée. Quand je le regarde, je me dis que ce n'est pas d'un psy que j'ai besoin, mais d'un bon coup de reins. Bien profond pour dépoussiérer tout ça.

— Il y a longtemps que vous songez au suicide ?

— Je crois que c'est en moi depuis toujours. Mais j'ai eu récemment une forme de révélation.

— Qu'entendez-vous par « révélation » ?

— Je n'ai pas vu la Vierge, je vous rassure, je ne suis pas victime d'hallucinations, mais disons que j'ai eu un déclic. J'ai assisté à une scène et, sans vouloir entrer dans les détails, disons que j'ai eu une prise de conscience très forte et que depuis je me sens soulagée, comme si j'avais enfin trouvé la solution.

— Vous avez l'air sûre de vous. Quand pensez-vous passer à l'acte ?

— Je n'ai pas de date en tête mais Noël serait probablement une bonne période.

— Vous redoutez Noël ?

— Je vis seule depuis toujours. Je suis célibataire sans enfant. Je suis enfant unique, j'ai perdu maman il y a quatre ans et papa il y a quelques semaines. Je suis seule et j'en crève. Noël est loin d'être ma période préférée.

— Vous travaillez ?

— Oui, je suis juriste d'entreprise.

— D'accord. Et ça vous plaît ?

— Je ne sais pas, je me suis jamais posé la question.

— Mais diriez-vous que c'est un travail stimulant ?

— C'est technique et besogneux, mais j'imagine que oui. Disons que cela me convient.

— Vous avez des collègues, des amis ?

— Quelques amis, pas tant que ça. Mais ils me conseillent d'adopter un chien, vous voyez le genre ? Ils ne comprennent pas. Personne ne comprend. Je veux juste mourir.

— On va tous mourir, un jour ou l'autre.

Il est trop sexy quand il penche sa tête sur le côté. Il a des cheveux blancs mais ça lui va bien. C'est injuste, on doit avoir le même âge, et ce qui me vieillit le rend séduisant. Ses rides sont charmantes, les miennes sont tristes. Ses cheveux blancs font ressortir ses yeux bleus, les miens trahissent mon âge. Il est musclé, je suis anémiée. Si j'étais un homme je serais un bon parti dans la fleur de l'âge. Mais voilà, je ne suis qu'une femme.

— Oui, mais moi je veux choisir quand et comment. Je crois que c'est ça que j'aime dans l'idée de suicide. C'est *moi* qui décide. Je crois que je n'ai pas décidé grand-chose dans ma vie, alors je voudrais au moins décider de ma mort. Je sais que cela peut paraître paradoxal, mais ça m'est d'un grand réconfort.

— D'accord, alors si on fixait la date de votre suicide au 25 décembre ?

— Heu… oui, le 25, c'est bien.

— Quelle heure ?

— Heu… je ne sais pas… bonne question. Je n'y avais pas songé, peut-être après déjeuner, histoire de finir sur une dernière touche gustative ?

— 14 heures ? Ou 16 heures ?

— Disons entre 14 h 30 et 16 h 30 ?

— D'accord. Ça nous laisse un peu plus de deux mois. Je vous propose de venir une fois par semaine et le 25 décembre, si tout va comme vous voulez, vous vous suicidez entre 14 h 30 et 16 h 30. Est-ce que cela vous convient, Sylvie ?

Il me regarde sans gêne, comme si on parlait de ma prochaine coloscopie.

— Oui, d'accord, faisons comme ça. Excusez-moi, mais je suis un peu étonnée…

— De quoi ? demande-t-il en me refaisant le coup de la tête penchée.

— Ben, vous ne me dissuadez pas ? Il n'y a pas non-assistance à personne en danger ?

— Pourquoi le ferais-je ? Vous vous sentez en danger ?

— Non, pas du tout.

— Mourir, c'est ce que vous voulez, non ?

— Absolument.

— Alors tout est dit. En revanche, je vous propose, d'ici là, de mieux faire connaissance avec vous-même. Donc nous conviendrons ensemble d'exercices à accomplir entre chaque séance. Vous n'avez plus rien à perdre, Sylvie ! Pour la semaine prochaine, je veux que vous fassiez quelque chose d'inédit, quelque chose qui ne vous ressemble pas, qui va à l'encontre de votre personnalité. Vous êtes du genre pudique ?

— Très.

— Alors trouvez une expérience qui va contrarier votre pudeur.

— Vous voulez quoi ? Que je m'exhibe nue ?

— Je ne veux rien, c'est vous qui décidez ! À la semaine prochaine, Sylvie.

Puis il m'a souri avant de me mettre gentiment à la porte.

Pour être honnête, je suis un peu déboussolée. Ce n'est pas du tout ce à quoi je m'attendais. Non pas que je me sois attendue à quoi que ce soit en particulier, mais pas à ça en tout cas. Ce n'est pas inintéressant. Bon, ben on dirait que c'est pour le 25 décembre alors. Moi qui avais peur de ne pas avoir de projet pour Noël ! Je pourrais presque commander ma stèle chez mon agent funéraire ?

Ci-gît Sylvie Chabert, 22 janvier 1960-25 décembre 2015 (entre 14 h 30 et 16 h 30).

Je frissonne, j'espère que je ne couve pas quelque chose, je déteste être malade !

J'ai bien réfléchi à ce qui pourrait mettre ma pudeur en péril et par association d'idées j'ai tout de suite pensé à Laura, mon assistante. Elle fait partie de ces femmes décomplexées qui racontent avec malice leur vie, à longueur de journée. Des flatulences de son homme à *The Voice*, de ses règles douloureuses à la ménopause de sa belle-mère, tout y passe. Et d'après ce que j'ai compris c'est une inconditionnelle de l'épilation intégrale ! Elle ne jure que par ça. D'après elle, c'est l'ascenseur direct pour le septième ciel ! Ce qui, entre nous, me paraît une bonne idée. Si je pouvais avoir au moins un orgasme avant le 25 décembre ! Ça ne serait pas de refus, on en dit tant de bien ! J'aimerais juger par moi-même. En tout cas, moi qui ne me suis jamais fait épiler les parties intimes, ce serait un sacré challenge d'aller exposer ma foufoune à une inconnue. À une esthéticienne de surcroît. Déjà que je suis obligée de prendre un demi-Lexomil avant chaque rendez-vous chez ma gynécologue. Alors une esthéticienne qui passe ses journées à dépoiler des inconnues et à leur triturer les points noirs ! J'en ai des palpitations ! Mais en bonne élève que je suis, je vais faire mon exercice ! Je ne voudrais pas décevoir Franck, lui qui m'a fait si bonne impression. Et puis, il a raison, je n'ai plus rien à perdre ! Je peux bien montrer « mon minou », comme dit Laura.

« Minou », comme si cette partie de son anatomie avait quoi que ce soit d'affectueux. Ou alors c'est moi qui suis déjà froide.

Comme j'ai la trouille, je me suis enfilé deux, trois kirs, cul sec avant le rendez-vous. Moi qui ne bois jamais, je suis complètement pompette, mais je m'en fiche, je n'ai plus rien à perdre ! C'est mon nouveau leitmotiv ! En arrivant j'ouvre un peu trop brusquement la porte en verre du petit salon et manque de m'étaler dans l'entrée. Toutes les têtes se sont levées pour voir qui était la gourde qui les avait fait sursauter. Pour la discrétion, c'est râpé.

Je suis accueillie par Cyndie, si j'en crois son badge.

— C'est pour une épilation normale, sexy ou intégrale ?

Elle est obligée de crier comme ça ? Ce n'est pas comme si il n'y avait qu'elle et moi. Est-ce que ça regarde la beurette, la pétasse et la mamie venue sans aucun doute pour sa moustache ? Elles sont toutes les trois alignées comme des petits pois dans leur cosse sur la minuscule banquette en skaï et feuillettent en rythme des vieux *Gala*.

— Intégrale. Je bafouille.

J'ai les oreilles qui chauffent à mort, le cœur qui bat la chamade, je ne sais pas si c'est dû aux effets de l'alcool ou à la honte qui me pique et repique avec son gros dard. Puis Cyndie m'invite à me coller aux trois petits pois. Je suis tellement embarrassée que je me plonge directement dans la lecture d'un article sur les crises de boulimie d'une starlette végétarienne dont je n'ai jamais entendu parler. Si j'en crois l'article, elle fait des orgies de boulgour et de chou-fleur. Son tour de poitrine me fait penser qu'elle doit être issue de la téléréalité, un monde qui m'est totalement étranger. Sans aucune transition, je me dis que je mangerais bien une tarte chèvre-épinards pour le dîner. Quand j'entends Cyndie m'appeler.

— Sylvie, c'est à vous, je vous laisse vous installer.

— Je fais comment, je me mets toute nue ?

Mes compagnes de banquette échangent un sourire, complices. J'ai un don pour les questions idiotes.

— Non, vous gardez le haut.

Évidemment que je garde le haut ! J'ai la tête qui tourne, je crois que je vais m'évanouir ou vomir. Ces histoires de boulimie m'ont donné la nausée. Et puis Cyndie m'agresse avec son 95D. À côté d'elle je me sens flasque, vieille et moche. J'enlève fébrilement ma culotte que je garde serrée en boule dans ma main droite tout en veillant à ne pas complètement perdre l'équilibre. J'ai déjà suffisamment donné dans le ridicule. En jetant un œil sur mon bas-ventre, je ressens une autre piqûre de dard. Ma toison me fait tellement honte. Je n'avais jamais remarqué à quel point elle était fournie et imposante. On dirait un bonsaï. Tous ces poils noirs frisés, c'est d'un moche, j'ai l'impression qu'on va ratiboiser la forêt d'Amazonie. Heureusement que la mienne est inhabitée. J'évite le regard de Cyndie.

— Ça va faire mal ?

J'ai du mal à articuler, victime d'une attaque massive de relents de kir. Je suis pathétique.

— C'est la première fois ? me demande-t-elle avec concupiscence.

Je suis tombée sur une sadique, qui prend visiblement son pied en arrachant les poils des autres.

Je lui souris, comme une demeurée.

— Oui, désolée, hein ? Il y en a beaucoup à enlever.

Je glousse nerveusement. J'avais oublié à quel point je ne tiens pas l'alcool.

— Ne vous inquiétez pas, j'en ai vu d'autres ! Ça va faire un petit peu mal au début, mais on s'habitue !

— J'ai un petit peu bu pour me donner du courage… je suis une grande douillette !

— Ouvrez bien les cuisses.

L'exercice a à peine commencé que je sue déjà, il faut dire que la position dite de la « grenouille » est totalement inconfortable, j'ai les cuisses qui tremblotent sous l'effort et les adducteurs qui vont lâcher. Une jeune femme, que je ne connaissais pas il y a encore dix minutes et qui n'a aucun diplôme de médecine, me triture les grandes lèvres pour mieux me dépoiler. Je me sens comme un morceau de viande sur un étal de boucher. J'aurais dû me saouler à mort ! J'ai la bouche sèche et les tempes qui cognent. J'ai tellement honte de m'exposer ainsi ! Je ne suis même pas sûre qu'un homme m'ait vue en plein jour sous cet angle et de façon aussi crue. Dans cette lumière glauque en plus ! Je garde les yeux fermés. Pourquoi s'infliger ça ?

— Aouuuuch !!

Je braille comme une ivrogne. Ça fait un mal de chien ! D'abord ça brûle – ce n'est pas possible, je vais avoir des cloques ! Et quand ça commence à moins brûler elle arrache des bandes entières de poils ! J'ai le sexe complètement à vif ! J'ai l'impression de me faire peler vivante !

Cyndie me jette un regard amusé tout en me tartinant de cire brûlante. Bourreau, fais ton ouvrage ! Le pire c'est que ça l'amuse.

Je me mords la main pour ne pas alerter tout le voisinage. Il faut être maso pour faire ça sans anesthésie générale. Telle une sorcière sur le bûcher, je maudis intérieurement le psy sur sept générations.

— Vous voyez, c'est bien parti. Relevez les jambes sur vous, on va faire la partie anale.

C'en est trop pour moi. Je suis prise d'un fou rire. Je montre mon trou de balle maintenant ! Comme un gros bébé sur sa table à langer, sauf que mon anus ne doit pas être rose tendre ! J'espère que mon psy va être fier de moi parce que je ne me suis jamais sentie aussi humiliée de ma vie. Tout ça pour un putain d'exercice à la con sur la pudeur ! Quelle idée aussi d'avoir opté pour l'épilation intégrale ! Sans compter que je n'ai personne à qui montrer mon exploit !

— Et voilà, vous êtes toute lisse ! Ce n'était pas si terrible !

Je crois que je vais m'évanouir.

Je me suis évanouie. Quand je me suis réveillée, il y avait un beau jeune homme au-dessus de moi, j'ai cru que j'étais déjà dans mon ascenseur pour le septième ciel ! Malaise vagal, ont dit les pompiers. Heureusement que je n'ai pas pris de carte d'abonnement, je ne veux plus jamais mettre les pieds dans cet institut de maso. De son côté, je ne suis pas sûre que Cyndie serait ravie de me revoir. Repartir sur un brancard, il y a mieux comme pub ! J'ai dû finir de m'habiller dans leur camion, sous le regard goguenard des pompiers, je suis devenue une anecdote pour pot de départ en retraite. Ils ont proposé de me raccompagner jusque chez moi, mais j'ai réussi à les convaincre de ne surtout rien en faire. Me faire raccompagner par ces hommes aurait été le supplice de trop. Je suis rentrée en rasant les murs. Terriblement confuse, mais épilée. Un vent de liberté soufflait dans ma culotte. Une fois rentrée, je me suis servi un fond de whisky cul sec. C'était le minimum pour me remettre de toutes ces émotions. Et puis j'ai eu un fou rire. Un bon gros fou rire de pocharde, mais qui m'a fait un bien fou. Quelle idiote ! Ah, on peut dire que j'ai travaillé sur ma pudeur ! Je l'ai bien asticotée, bien titillée, je l'ai même poussée au-delà de ses limites ! Puis j'ai regardé avec beaucoup de curiosité ce sexe un peu rouge, tout lisse, aussi doux que des fesses de bébé. Et curieusement, ça m'a apaisée. J'avais l'impression de revoir un ami perdu de vue depuis trop longtemps. C'est un peu bizarre, mais pas si vilain. Pas repoussant en tout cas. Moi qui craignais de ressembler à un de ces chats sans poils. Dommage, je n'ai personne à qui le montrer. Je me demande si je dois le prendre en photo, pour apporter à Franck, image à l'appui, la « preuve » de mon exploit ? Mais je réalise aussitôt combien cette idée saugrenue est déplacée. À mettre sur le compte de l'alcool, ou d'un transfert érotique précoce. Je suis définitivement pathétique.

— Vous allez être fier de moi !

Deux jours et deux nuits que je piaffe d'impatience de lui raconter mon exploit ! Toujours ce fichu syndrome de la bonne élève qui espère avoir une bonne note à son exposé.

— Et pourquoi donc ?

— J'ai fait ce que vous m'avez demandé, j'ai travaillé sur ma pudeur.

— Et ?

— Et j'ai bien travaillé !

— Ça a l'air de vous faire plaisir en tout cas.

— C'est vrai que ça me fait plaisir, c'est la première fois que j'ai un truc rigolo à raconter. Sur le moment je vous ai maudit, je vous ai détesté même. Me retrouver cul nu dans cette petite cabine de quartier était un vrai cauchemar pour moi. J'ai même dû boire avant pour me donner du courage !

— Ah oui, carrément ?

— Maintenant, quand je vous raconte, avec le recul, j'en ris ! Il vaut mieux d'ailleurs, c'était tellement pathétique. Ils ont même dû appeler les pompiers à cause de mon malaise.

— Parce que vous avez perdu connaissance ?

— Oui ! J'avais bu trois verres de vin à jeun, je me sentais terriblement ridicule les pattes en l'air, ma tête tournait et je me suis sentie partir.

— Quelle aventure !

— Oui, et c'est à vous que je la dois !

— Vous ne regrettez pas, alors ?

— Oui et non. Sur le moment, je vous assure que c'était très pénible, mais quand j'y repense, ça me fait rire. Disons que la situation était cocasse ! Je n'en reviens pas que cela me soit arrivé à moi, surtout ! Ça ne me ressemble tellement pas !

— Vous êtes plus amusante que vous ne le pensiez ?

— Disons que ce n'est pas l'adjectif qui me caractérise le plus.

— Qu'est-ce qui vous caractérise alors ?

— Je ne sais pas. Je suis assez ennuyeuse, je pense. Je suis quelqu'un de docile. La rébellion, ce n'est pas vraiment mon truc. Depuis que je suis enfant je fais exactement ce que mes parents me disent de faire. Je devais toujours leur obéir, les satisfaire, ne jamais déranger. Ensuite j'ai dû être bonne élève, étudier, que cela me plaise ou non. En vous parlant, je me rends compte que je ne me suis jamais écartée du chemin qu'ils m'avaient tracé. Petite, mon père avait accroché un martinet juste au-dessus de la porte de ma chambre. Il ne s'en est jamais servi, mais j'étais terrorisée rien qu'en le regardant. Le simple fait de passer dessous était une épreuve. Alors je faisais tout pour qu'il n'ait pas à le décrocher. Après, je suis devenue une bonne étudiante, pour leur plaire. Plus besoin de martinet pour me motiver, je savais ce que j'avais à faire. Mes parents me parlaient toujours de l'importance de faire de bonnes études, d'avoir un bon travail. Ils ne me parlaient jamais de l'importance d'être heureuse, de s'amuser ou d'avoir des amis. Je pense que mes parents n'étaient pas heureux. Je ne sais pas si j'étais une enfant heureuse, je ne sais pas si j'ai été un jour heureuse.

— Vos parents ne sont plus là.

Dommage que le câlin ne soit pas compris dans le prix de la séance. Parce que je meurs d'envie qu'il me serre fort dans ses bras musclés. Pour me sentir vivante.

— Oui, et je suis perdue. J'ai quarante-cinq ans et je me sens comme une vieille petite fille perdue dans un supermarché.

— Savez-vous seulement quelle femme vous êtes ?

— Si je voulais être vulgaire, je dirais que je ne suis pas très « bandante ».

— Aucun homme n'a jamais bandé pour vous ?

Je rougis d'un coup.

— Si, quand même, un peu ! C'est très gênant, je suis assez pudique, je n'aurais pas dû utiliser cette expression.

— C'est le terme « bander » qui vous gêne ? C'est pourtant ce qui se passe quand une femme plaît à un homme, elle le fait bander. Il faut le prendre comme un compliment, dit celui qui ne bandera jamais pour moi.

— Sans doute, oui.

— Mais c'est un peu trop cru, trop imagé pour vous ?

— Voilà ! – Il doit me prendre pour une vieille fille. – Mais j'ai eu des aventures, il ne faut pas croire.

— Mais je ne crois rien, Sylvie, je vous écoute.

Il est tellement sexy.

— Bon, on va en rester là pour aujourd'hui, mais vous allez partir avec un autre exercice.

Et pas bête avec ça, il a bien compris qu'en bonne petite écolière je ne résistais pas à l'appel des devoirs.

— Vous m'avez dit que vous étiez docile, que vous marchez toujours entre les lignes. Je vais vous demander de commettre un fait répréhensible à vos yeux.

— Oh là là, mais qu'est-ce que vous allez me faire faire encore ?!

— Moi ? Rien, c'est vous qui décidez. À la semaine prochaine, Sylvie !

C'est ça, à la semaine prochaine et débrouille-toi avec ça. Moi qui n'ai jamais resquillé, jamais chapardé, jamais doublé quiconque, qui suis incapable de traverser en dehors des clous ou même d'accélérer à l'orange. Je suis raisonnablement raisonnable dans tout ce que je fais. Qu'est-ce que je vais bien pouvoir tenter de répréhensible ?

Je crois que j'ai toujours rêvé de voler dans les magasins. Enfant, j'avais des petites copines qui piquaient des rouges à lèvres, des babioles, des bonbons et parfois même des vêtements ! Ensuite elles étalaient leurs trésors, fières d'elles-mêmes et heureuses d'avoir pu berner leur monde avec autant de facilité ! Elles étaient excitées et piaffaient de joie, encore sous l'effet de leur montée d'adrénaline. Et moi, je les admirais tant. Je n'arrivais même pas à m'imaginer à leur place, tant leur geste était transgressif à mes yeux. J'étais incapable de faire preuve d'autant d'assurance et de culot, de tromper ainsi impunément des adultes. Mes jambes m'auraient trahie. J'aurais été tétanisée par la peur de me faire prendre. Je me serais fait dessus. Je serais morte littéralement de honte plutôt que d'affronter le regard et la colère de mes parents. Le martinet de papa.

Mais aujourd'hui ils ne sont plus là. Je n'ai plus huit ans et je crois pouvoir dire que je contrôle ma vessie. Et au pire, je peux prétexter une étourderie et sortir mon porte-monnaie ? J'avoue que l'envie me titille. Ça ne peut pas être pire qu'une épilation intégrale ? Et si je le faisais ? Et si j'en étais capable aujourd'hui ?

Et, au risque de me répéter, dans six semaines je ne serai plus là.

Parce que je veux frimer auprès de mon psy et que je n'ai plus rien à perdre, j'ai décidé de passer à l'acte dans *mon* Monoprix. Carrément !

Je vais profiter d'avoir des courses à faire pour dérober quelque chose. Je ne sais pas encore quoi, je vais y aller à l'instinct. Tel un prédateur, je vais me jeter sur le premier paquet de chewing-gum, la première boîte de Tic Tac qui s'offre à moi. J'en ai déjà des frissons. C'est bien la première fois.

Bon, ça c'est la théorie. Encore faut-il passer à la pratique. Et mon instinct, pour le coup, me somme d'oublier immédiatement cette histoire grotesque. Mon psy n'est qu'un sadique qui s'amuse et me prend pour sa marionnette. (Oh oui Francky, prends-moi !)

Il est comme ces petites filles qui se délectent à martyriser leur poupée à coups de ciseaux. Parce que, être humiliée dans le huis clos d'une petite cabine esthétique de quartier, soit. Mais prendre le risque de me faire arrêter au su et au vu de tout le monde, c'est autre chose ! Quarante-cinq ans que je me fais oublier, ce n'est pas pour partir en laissant l'image de la clepto du quartier. J'en ai des cauchemars.

Enfant, je faisais déjà celui de me retrouver toute nue au beau milieu de la cour de récré. Les élèves m'encerclaient en me montrant du doigt, ils ricanaient à la vue de mes petites fesses qui tremblaient de peur et de froid comme un Flamby. Et moi, pauvre petite chose, je pleurnichais en tâchant de me cacher tant bien que mal avec mes bras trop maigres. Et plus je pleurais, plus mes fesses tremblaient, et plus ils riaient. J'en suais d'effroi. Eh bien, aujourd'hui, le cauchemar est le même à quelques détails près. Je me tétanise à l'idée d'être arrêtée par la sécurité et fouillée devant tout le monde (faut-il y voir une connotation érotique ?). Les clients ont remplacé les élèves, ils me regardent outrés, me montrent du doigt en me traitant de paumée, de folle, de racaille qu'on va décrasser au Kärcher. À leurs côtés, les enfants ricanent tandis que je repars, mortifiée, penaude et menottée, sous les huées, les crachats et les quolibets des habitués du Monoprix. Un chemin de croix à la DSK, mais sans le parfum de scandale sexuel. Pour être honnête, je me demande si derrière ce scénario catastrophe ne se cache pas le plaisir d'être malgré tout au centre de l'attention. Moi qui ne suis le centre de rien.

Quand on a la particularité comme moi d'être quelconque et transparente, on passe inaperçue. Donc, à moins d'y aller en Femen, j'ai toutes les chances de passer à travers les mailles du filet. J'aime l'idée de positiver ce qui me fait défaut. Tel un boxeur prêt à monter sur le ring, je prends une longue inspiration. Je dois me préparer mentalement pour ce combat intérieur. Je ne suis pas une voleuse, juste une femme suicidaire qui veut trouver ses limites. Il s'agit d'un exercice, d'une expérience de vie dans le cadre d'une thérapie cognitive. Je suis un cobaye entre les mains d'un thérapeute sadique mais terriblement sexy, une victime des dérives de la psychologie humaine. Et ce n'est pas un agent de sécurité smicard de surcroît qui va m'empêcher de trouver mon Moi profond !

Oh purée. Je vais le faire. Je vais braver quarante-cinq ans de conduite irréprochable. Je le fais. J'enfile mon trench et j'y vais. L'idée est de ne pas se laisser paralyser par la pensée. Faire le vide, agir comme un automate. Ça y est, je suis partie. J'ai à peine claqué la porte d'entrée que j'ai déjà les mains moites et le cœur qui s'emballe, je suis à deux doigts d'imploser. Mais comment font les braqueurs pour supporter la pression ? Ma vie est tellement insipide que la simple perspective de transgresser la loi (tu parles, voler un bonbec, un exploit à la portée de n'importe quel bébé en poussette !) me met en émoi. J'ai le palpitant d'un phasme.

En chemin, une force invisible me paralyse les jambes, mais je trouve malgré tout le courage de me propulser jusque devant le Monoprix. Je remonte le courant de ma peur.

Tête baissée, l'air affairé, je rentre comme d'habitude, ni vue ni connue. Je passe incognito devant le vigile à moitié endormi. Pour me calmer, je commence à parcourir mes rayons fétiches. Le rayon thé a toujours eu sur moi un effet euphorisant. J'aime m'attarder sur les différents packagings. Certaines marques de thé arrivent à me faire voyager. Les parfums qui s'en échappent, les couleurs attrayantes, la calligraphie raffinée de certains emballages, leurs origines exotiques sont pour moi autant de petits mirages en carton, de leurres touristiques. À leur contact je suis apaisée, mais pas suffisamment pour oublier ma mission du jour. Respire. Pour me donner du courage je m'imagine, le jour de Noël, quand j'avalerai ma dose de somnifères dans un grand verre d'eau. Je serai sûrement un peu ballonnée car je me serai gavée de bûche. Avaler toutes ces pilules blanches ne sera probablement pas agréable, surtout avec mes problèmes de digestion, mais je sais que je le ferai. Mon bras ne faiblira pas, ma main ne tremblera pas, ma gorge ne régurgitera pas. Puis je me glisserai vêtue de mon plus joli maillot dans un bain chaud. Et je m'endormirai calmement, enveloppée dans la chaleur moite du bain moussant, dans un ultime soupir bienheureux pour ne plus jamais me réveiller. Cette pensée réconfortante me ragaillardit. Si je n'ai pas peur de mourir, je ne devrais pas avoir peur de vivre. Un peu. Pour me motiver davantage je me dirige vers le rayon bain moussant. Je ne veux pas mourir en sniffant une de ces odeurs artificielles et écœurantes à la pomme ou à la pêche. Je veux quelque chose de doux et réconfortant. Une odeur de vanille de Madagascar pour un dernier voyage. Mais en attendant d'affoler une seconde fois les pompiers, je dois accomplir mes devoirs. Vas-y Sylvie ! Tu peux le faire ! Je jette un regard discret à droite et à gauche. Personne. Aussi à l'aise qu'un piquet je glisse la bouteille de bain-douche vanille Bourbon dans la poche droite de mon trench. Je la sens qui glisse de tout son poids contre ma doublure. J'ai l'impression qu'elle pèse une tonne et déforme la coupe bien droite de mon imper. Elle balance contre ma cuisse et son simple contact me mortifie. C'est une petite torture. Pour faire pénitence, je mets les produits les plus chers dans mon panier. Crème antirides bio, poêle antiadhésive, papier toilette quadruple épaisseur et, sans doute dans un souci de cause à effet, un déboucheur surpuissant pour canalisations obstruées. Si mon panier ne débordait pas déjà, j'aurais pu ajouter un grille-pain et une cafetière électrique, histoire de racheter ma faute au dieu argent. Monoprix, absous-moi. Avec toutes les conneries que j'achète, j'aurais pu acheter un stock entier de bain moussant vanille Bourbon, mais là n'est pas la question.

La question est : comment vais-je faire pour me présenter à la caisse sans me pisser dessus ? J'ai les jambes en coton, il faut que je tienne bon. Je panique en m'imaginant allongée par terre avec la bouteille de bain moussant qui s'échappe malencontreusement de ma poche. Hors de question d'échouer aussi lamentablement. Je m'approche flageolante de la caisse. J'ai la gorge nouée et du mal à respirer. Il faut que je me calme. Respire. Ni une ni deux, je fonce au rayon alcools. Trop de monde, j'attrape une bouteille de vodka et me dirige vers le rayon papier toilette, plus calme. Merde, je ne vais jamais réussir à ouvrir la bouteille avec son système antivol. Pourtant j'ai besoin d'un truc fort pour me calmer. Respire et réfléchis. J'ai une idée. Je repose bruyamment la bouteille au milieu des déodorants pour toilettes et file au rayon produits d'entretien. Bon, je ne sais pas si ça fera l'affaire, mais aux grands maux les grands remèdes ! Je me jette sur un pot de cire d'abeille à l'ancienne pour parquets. Je l'ouvre tant bien que mal et me fais un gros shoot, histoire de m'engourdir le cerveau. Certains sniffent de la colle ou du poppers, moi c'est la cire d'abeille. Et pourquoi pas ? Tout est bon pour ne surtout pas penser à ce qui rebondit contre ma cuisse. Je me concentre sur cette odeur de parquet astiqué que j'aime tant. Je recommence puis compte jusqu'à trois. Et sans réfléchir davantage, je fonce tête baissée à la caisse. C'est là que je me rends compte que mon petit manège a sorti le vigile de sa torpeur. Il m'a prise en filature. J'ai des bouffées de chaleur, je sue à grosses gouttes sous mon trench. J'ai le cerveau anesthésié par la peur. Comme un seul homme, mon cerveau émotionnel prend le relais. J'ai les intestins qui se révoltent, je vais me faire dessus.

— Madame ! Madame !

Je fais la sourde d'oreille. Mes mâchoires trop crispées m'empêchent de crier et de passer aux aveux, « Pardon ! pardon, c'est pas moi, j'ai pas fait exprès ! » mais je suis à deux doigts de m'allonger sur le sol pour faciliter mon arrestation.

— Madame ! Excusez-moi, madame !

Il me touche l'épaule, paniquée je manque de lâcher mon panier.

— Oui ?

Je n'entends rien, j'ai un essaim d'abeilles qui bourdonne à plein tube dans les oreilles, je suis au bord de l'apoplexie.

— Vous le prenez ?

— Pardon ? Je ne vous entends pas, j'ai un acouphène !

Je suis en mode panique et son accent africain me fait craindre le pire.

— Vous avez ouvert un pot de cire, il faut l'acheter maintenant !

— Quoi ?

— Vous ne comprenez pas ce que je dis ? Il faut acheter la cire que vous avez ouverte !

— Ah ? Oui pardon ! Elle a dû tomber de mon panier ! Merci, au revoir !

Au bord des larmes, je lui arrache le pot des mains et fonce à la caisse en serrant les fesses. Je crois que je vais avoir besoin plus tôt que prévu de mon papier toilette quadruple épaisseur.

À la caisse, je mets mes lunettes de soleil, je ne suis pas à une absurdité près. J'essaie de ne pas penser au bain moussant qui me brûle littéralement la cuisse. Sans compter mes intestins qui se déchaînent. Je lâche un soupir de douleur.

— Vous avez la carte Monoprix ?

— Oui, mais non !

— Pardon ?

— Je suis pressée, je veux rentrer chez moi !

La caissière indienne me regarde, imperturbable

— Si vous avez la carte Monoprix vous bénéficiez de moins 30 % sur certains produits. C'est intéressant pour vous. Surtout pour la cire et la poêle.

— Je m'en fous, OK ? Je suis dérangée, vous comprenez ? J'ai mal au ventre, j'ai la courante, il faut que je rentre !

Elle me sourit de toutes ses dents blanches comme si je lui avais raconté une bonne blague. Certains clients me jettent des regards horrifiés comme si je leur avais pété au visage, tandis que d'autres se marrent en détournant pudiquement la tête. C'est un calvaire.

— OK, OK ! rigole-t-elle.

Je tends ma carte bleue tout en rangeant mes courses dans des sacs en en faisant tomber la moitié par terre.

Je récupère fébrilement ma carte et pars en courant.

— Madame, vous oubliez la moitié de vos achats !

Je hurle sans me retourner :

— C'est pas grave !

Et je me précipite dehors pour respirer un grand coup. Puis je rentre au pas de course. Je manque de souiller mon pantalon dans l'ascenseur qui n'a jamais été aussi lent. Je serre les fesses et respire lentement pour essayer de calmer ma tempête intestinale. Je fais un vacarme du diable en lâchant bruyamment mes courses sur le palier, mais cette maladresse a l'avantage de masquer le bruit d'un pet sonore, je m'énerve sur la clé en serrant toujours les fesses. J'ouvre enfin la porte pour la claquer d'un grand coup. Mon sphincter donne ses dernières forces pour ne pas céder tant que je suis encore habillée. Et je m'assois en soupirant de bonheur sur le trône où je peux enfin soulager ce trop-plein d'émotions. Mes jambes tremblent tandis que mes intestins font un remake des chutes du Niagara. Une odeur insoutenable envahit les toilettes. L'odeur de ma peur. La tête entre les mains, je réalise que si j'ai échappé au ridicule de me faire prendre par la sécurité du magasin, j'ai trouvé le moyen de me ridiculiser plus encore en invoquant la pire excuse qui soit. Tout ça pour partir comme une voleuse. Quelle ironie ! En abandonnant la moitié de mes achats de surcroît. J'ai envie de rire et de pleurer. Rire parce que ces dernières minutes ont été les plus intenses de ma vie et pleurer parce ce n'est franchement pas très glorieux. Et aussi parce que je ne pourrai plus jamais remettre les pieds dans mon magasin préféré. À partir d'aujourd'hui, je fais mes courses sur Internet.

Après avoir aéré en grand mes toilettes et pris une bonne douche, je me suis accordé une sieste. Besoin de sombrer avant d'établir un premier bilan de ma triste personne. Pour le moment je constate que les choses n'ont pas tellement changé. Je reste cette petite fille timide et trouillarde. Les années n'y ont rien fait. Bref, je suis encore plus tarte que je ne le pensais !

— Bonjour Sylvie.

— Bonjour docteur.

— Docteur ? Je suis psychothérapeute, vous pouvez m'appeler Franck.

Je ne suis pas d'humeur à l'appeler Franck. Il n'est pas mon ami, encore moins mon amant et pas vraiment mon confident. C'est juste mon psy.

— Alors, comment ça va depuis la semaine dernière ?

— Ça va bof.

— Je vous écoute.

— Je ne sais pas si j'ai vraiment envie de me connaître, en fait.

— Qu'est-ce qui vous fait dire ça ?

— Ce que je découvre n'est pas très intéressant. Et puis, autant tester ma pudeur avait quelque chose d'amusant, enfin après coup !

Mais ce que vous m'avez fait faire là, c'était abominable et très humiliant.

— Mais je ne vous ai rien fait faire, Sylvie ! Je vous ai juste proposé de sortir du cadre, de votre carcan familial. Qu'est-ce qui était si humiliant ?

— Tout ! Je sais bien que vous ne m'avez pas dit d'aller expressément voler dans les magasins, mais c'est quand même ce que j'ai fait sur vos conseils ! Vous m'avez bien dit de tenter quelque chose de répréhensible ? Bon, alors ! Et ben c'était franchement nul !

— Pourquoi nul ?

— Parce que je me suis littéralement chié dessus, voilà, pardon d'être vulgaire mais c'est la triste vérité ! J'ai été au-dessous de tout ! Je me suis ridiculisée à la caisse, je me suis grillée toute seule comme une grande au Monoprix de mon quartier ! J'ai eu la pétoche de ma vie, j'ai paniqué et manqué de sang-froid et tout ça pour quoi ? Un pauvre bain moussant glissé dans la poche ! Vous êtes content ?

— Ni content ni mécontent, mais vous, apparemment, vous êtes très en colère.

— Bien sûr que je suis en colère, je suis même furieuse ! Furieuse de vous avoir écouté ! Furieuse de m'être humiliée et furieuse d'être aussi prévisible et décevante ! Voilà, ce n'est pas pour moi ces exercices, en fait je sais très bien qui je suis, une espèce de quadra coincée, du cul, de tout !

Je suis hors de moi. J'ai envie de lui balancer ses fichues statues africaines au visage. Elles me narguent avec leurs grimaces grossières, elles me rappellent le vigile qui m'a traumatisée. Je ne comprends pas tout ce ramdam sur l'art africain. C'est d'un laid.

— Et pour tout dire je crois même que mes parents ont tout de suite compris que je n'avais rien d'extraordinaire, que je n'avais aucun charme, aucun potentiel et que le mieux pour moi était de tracer ma petite route, sans faire de bruit ni de vague !

— Donc aujourd'hui vous êtes plutôt reconnaissante envers vos parents ?

— Je ne sais pas, je ne sais plus ! Je sais seulement que je n'aime pas ce que je vois. Et que je ne suis pas assez maso pour continuer à m'infliger des séances d'humiliation. Donc j'arrête !

— C'est vous qui décidez, Sylvie. Encore une fois, je ne vous oblige à rien. C'est vous qui vous êtes lancée dans ce défi, c'est vous qui l'avez choisi. Je suis désolé que cela vous mette dans tous vos états, mais si cela peut vous consoler, je trouve que vous avancez. Vous laissez remonter des émotions enfouies, vous bouillonnez, vous exprimez une colère que vous ne soupçonniez pas, vous vivez plus intensément. C'est plutôt positif, non ?

— Ah, vous trouvez ?

— Oui. Comment apaiser cette colère, Sylvie ? Qu'est-ce qui pourrait vous faire du bien ?

— Baiser !

C'est sorti comme un geyser.

— Formidable ! Vous me raconterez la prochaine fois ?

Et il me raccompagne à la porte, tout content de lui. Je reste coite sur le palier. Je me réajuste de façon mécanique, hagarde. Je mets un peu de temps à comprendre ce qui vient de se passer. Comment ai-je pu me montrer si agressive ? Et surtout qu'est-ce qui m'a pris de lâcher cette petite bombe, « baiser » ? Moi qui ai ce mot en horreur. Je n'ai jamais « baisé ». J'ai fait l'amour, pas toujours bien, mais c'était toujours tendre et respectueux. Jamais je ne me suis sentie comme une espèce de « salope » qui veut se faire prendre, qui veut se faire « baiser ». Je n'ai jamais vécu de scène de cul torride digne de ce nom. Jamais je n'ai eu la fièvre, celle qui fait perdre les sens, haleter, gémir et nous ramène au monde animal. Le sens de la mesure, et surtout du ridicule, m'a toujours incitée à faire l'amour de façon convenable, raisonnable. Bon, je n'ai jamais pris mon pied c'est vrai, mais le brushing restait nickel. Je suis troublée par la force de mon désir. C'est archaïque, bestial, primaire et totalement inconvenant. Oui, je dois avouer, j'ai bien envie de me faire prendre à quatre pattes. Qu'on me tire les cheveux, qu'on me claque les fesses, qu'un homme prenne appui sur ma cambrure pour mieux s'enfoncer en moi, j'ai envie d'avoir le souffle coupé, le corps électrique et en nage, la gorge sèche, et de hurler d'une voix rauque cette vague de plaisir puissante, intense, enivrante qui fait palpiter le sexe et le corps. Comme au cinéma ! Et je dirais même plus, j'ai envie d'être mangée et de dévorer le sexe d'un homme !

Mais que m'arrive-t-il ? Un séisme hormonal ? Ou une simple carence en fer ?

Comment faire ? Comment m'y prendre ? Où ? Quand ? Avec qui ? Comment lever un homme, provoquer le désir ardent, sauvage, avec ma crinière sèche, mon visage anguleux, ma poitrine maigrichonne et mon corps sans formes ni tonus ? J'ai quarante-cinq ans, le sex-appeal d'une limande, et je veux être la chaudasse de la soirée. C'est mal parti. Surtout que je n'ai même pas de soirée où aller.

Je prends le chemin de la maison, plongée dans mes pensées, insensible au froid qui me pique les yeux et le visage. L'automne s'est bien installé. Bientôt ce sera l'hiver et les décorations de Noël. Arrivée chez moi, j'allume la lumière de l'entrée qui donne tout de suite sur le salon. Je suis frappée par la tristesse qui se dégage de mon appartement. Comme si au sortir d'une intervention laser, je retrouvais la vue. La lumière jaune est glauque. Le parquet grince de façon sinistre dans le vide. C'est sombre, vieillot, silencieux, sans vie. Les restes de mon petit déjeuner sur la table de la cuisine me donnent le cafard. Je les range vite fait dans mon lave-vaisselle à moitié vide. Je le lance pour mettre un peu de vie, puis j'allume le chauffage en frissonnant. Et si je refaisais la déco ? Un coup de peinture, un nouveau canapé, une table basse plus moderne ? Un intérieur plus sexy en somme ? Après tout, j'ai les moyens ? Mais à quoi bon, à deux mois de Noël ?

Et si par miracle je ramène un homme chez moi, j'aurai l'air de quoi avec mon appartement de préretraitée ? Si je ramène un homme ce n'est pas pour une soirée Scrabble-tisane. Si je veux me faire tringler, il faut bien réchauffer l'ambiance. Je pense soudain à papa et à ses économies de toute une vie. Et je me dis que si je me suis payé le luxe d'une concession funéraire, je peux bien m'offrir un nouveau salon ! Comme une seconde peau. Même pour deux mois. Surtout pour deux mois. Trouver un beau canapé c'est encore dans mes cordes, il suffit d'aller chez Habitat, Muji ou Conran Shop. Pour trouver un amant, c'est plus compliqué. Il n'y a pas de magasin dédié. Sinon il y a longtemps que j'aurais ma carte de fidélité.

Pensive, je regarde mon œuf au plat se recroqueviller sous l'effet de la chaleur dans ma poêle antiadhésive flambant neuve. Je ne suis plus en colère. Juste fatiguée. Les petits coups de fil du soir à papa me manquent. Fatiguée et seule.

Dans mon lit, calfeutrée en boule sous ma couette, j'échafaude un plan. Je pourrais proposer à Véronique une soirée « filles » autour d'un mojito dans un de ces bars bondés du neuvième ou du onzième arrondissement ? Qui sait, avec de l'alcool, une ambiance festive et une lumière tamisée, ça pourrait marcher ? Mais je ne suis pas sûre que Véronique soit la bonne personne pour une virée drague. Son amour des chiens l'a rendue petit à petit imperméable à celui des hommes. Véronique a mis comme moi sa sexualité en berne. Il faut dire qu'elle a bien morflé quand Jean, son mari, l'a quittée il y a cinq ans. Elle n'a toujours pas digéré qu'il la plaque pour une jeune prof de yoga. Un affront de plus pour ses vingt kilos en trop. Depuis, c'est comme si elle avait pris le parti de virer « dondon ». La faute selon elle à ses précieuses molécules qui l'aident à surmonter son divorce. Mais je ne suis pas dupe. Je la vois engloutir des calories sans même qu'elle s'en rende compte. D'ailleurs ça ne manque pas, chaque fois que je l'appelle elle a la bouche pleine. Elle s'est transformée en petit rongeur qui grignote à longueur de journée. Autant un petit écureuil ou un lapin joufflu c'est mignon, autant une quinquagénaire, moins. Véronique avale pour ne pas cracher sa douleur. Par peur du vide, elle se remplit. Par peur de la blesser, je me tais. On ne tire pas sur une ambulance. Et qui suis-je pour lui donner des conseils « bien-être » ? Je réalise seulement maintenant que nous formons elle et moi un duo improbable à la Laurel et Hardy, moi la grande maigre, elle la petite grosse. On est bien loin du podium Miss France. On a beau être proches, se connaître depuis plusieurs années, on n'a jamais parlé sexualité ensemble. On ne s'est jamais confié nos expériences. À ma décharge, je n'ai jamais rien eu de nouveau ou d'intéressant à dire sur le sujet. L'électrocardiogramme de ma vie sexuelle est constamment plat. De son côté, Véronique s'est toujours bien gardée de me raconter sa vie de couple avec Jean dans les détails. Et ça m'allait très bien comme ça. Entre pudiques, on se comprend. Je n'aurais pas su quoi dire ou répondre si elle s'était laissée aller à quelques confidences intimes. J'ai toujours soupçonné qu'il ne devait pas se passer grand-chose dans leur chambre à coucher. Et j'imagine sans mal que ce n'est pas pour rien si Jean est parti avec une prof de yoga. Non, il faut que je m'adresse à une experte. Et la seule que je connaisse en ce domaine c'est Laura, mon assistante. Elle qui prend un malin plaisir à raconter ses ébats et ses préférences en matière de sexe à tout le monde. À ses collègues autour de la machine à café, au self, à ses copines au téléphone et à moi, indirectement. Je dis « indirectement » car je sens bien qu'elle veut d'une certaine façon m'épargner. Non pas parce que je suis sa supérieure, ce n'est pas le genre de détail qui la retient. Mais plutôt par égard. Elle sait que je vis seule, sans enfant, sans compagnon ni amant. Elle voit bien que je ne reçois aucun coup de fil perso, aucun bouquet de fleurs, qu'aucun homme ne vient « m'enlever » pour un déjeuner surprise, que je n'affiche aucun cadeau pour mon anniversaire, que je ne m'enferme pas pour passer des coups de fil en gloussant, que je ne débarque jamais deux jours de suite avec la même tenue, comme si j'avais découché. Que les rares nuits blanches que je passe, c'est plutôt à des microbes que je les dois. Elle sait qu'il n'y a rien à savoir. Que je ne suscite aucune attention particulière. Que je n'ai rien à cacher, rien à fantasmer. Que je ne fais le bonheur de personne, juste celui de mon employeur. Que je travaille, assidûment, huit heures par jour, cinq jours sur sept, avec constance, énergie et sérieux. Que je rédige dans l'intérêt des clients de la boîte des contrats illisibles pour un néophyte et bourrés d'alinéas. Que je fais le job, sans chichis ni pauses cigarettes. Laura doit penser que me raconter ses orgasmes à répétition reviendrait à se gaver de religieuses au chocolat chantilly devant une anorexique. De la pure provoc. Je finis par m'endormir en me promettant de lui demander de m'aider. D'après Cyndie, j'ai une dizaine de jours avant que mes poils pubiens ne repoussent. Ce serait dommage de ne pas récompenser tous ces efforts. Je caresse mon sexe tout doux, il y a combien de temps qu'une main virile ne s'y est pas perdue ? Je n'ose compter.

Le lendemain matin j'arrive au bureau un peu tendue. Je ne suis plus sûre de vouloir demander à Laura de m'aider à trouver un coup d'un soir. Bavarde comme elle est, tout le bureau sera vite au courant. Et alors adieu ma réputation professionnelle.

Laura m'accueille avec sa bonne humeur habituelle.

— Je vais à la machine, je t'apporte un café ?

— Heu, oui, merci je veux bien. Je voulais justement te demander quelque chose.

— Un problème avec le contrat Fayard ?

— Non, non pas du tout, ça n'a rien à voir, c'est heu… personnel.

Son étonnement se lit sur son visage. C'est une jolie brune, elle n'a rien d'exceptionnel, mais elle dégage ce je-ne-sais-quoi qui la rend sans aucun doute très attirante. Saine, sportive, c'est le genre de fille à aller à un cours de zumba dès le lundi soir. Elle est bien dans sa peau et ça se voit. À l'aise dans son corps, souriante, nature, le teint mat et de jolis yeux noisette. Elle sait se mettre en valeur. Elle.

— Ah oui ? Je reviens tout de suite alors !

Et elle s'éloigne avec gourmandise, alléchée par ce que je vais bien pouvoir lui dire.

Et qu'est-ce que je vais bien pouvoir lui dire en effet ?

— Tiens, attention il est chaud ! Je t'écoute !

Elle me regarde avec malice. Elle est si fraîche, si spontanée. Elle me fait penser à une belle pomme, appétissante, dans laquelle on a envie de croquer. À côté d'elle je suis un haricot vert un peu flétri qu'on mâchouille sans appétit. C'est ça qui me manque. Entre autres. La malice, l'espièglerie, la légèreté, la joie de vivre, le charme. Tout, quoi.

— Tu peux fermer la porte ?

— Bien sûr ! – Elle glousse maintenant. – Alors ? Qu'est-ce que je peux faire pour toi Sylvie ?

L'espace d'un instant, j'ai l'impression d'être sa copine, d'avoir trente et un ans moi aussi et un truc de dingue à raconter !

— D'abord, promets-moi de ne rien dire à personne, de ne rien répéter, je compte sur toi, sinon je te vire pour faute professionnelle grave !

Plus intriguée qu'impressionnée, elle lève la main droite et promet en me regardant bien droit dans les yeux.

— Je te promets, Sylvie !

— OK, bon, tu rigoles pas ? Voilà. Toi qui sors beaucoup, j'aurais besoin de tes conseils. Il faut que je fasse comment et que j'aille où si je veux rencontrer quelqu'un pour une aventure… d'un soir ?

Laure me regarde bouche bée. Elle ne s'y attendait pas, à celle-là. Je dirais même que ça lui en bouche un coin. Puis elle applaudit des deux mains, excitée comme une petite fille qui a gagné une Barbie princesse.

— Mais c'est génial Sylvie !! C'est bien ! C'est super !! Enfin tu sors de ta coquille !!

— Chut ! Moins fort !

— Tu veux qu'on sorte un soir et que je t'emmène dans des bars ?

— Non, quand même pas, je serais trop mal à l'aise, et puis je ferais tache à côté de toi.

— Arrête, tu n'es pas si moche !

À ma tête elle a dû voir que ce n'était pas la réponse adéquate.

— Pardon, ce n'est pas ce que je voulais dire.

— Non, mais c'est idiot en fait. Je n'aurais pas dû te demander ça. Oublie !

— Tu rigoles ? Je vais t'en trouver un, de mec ! Tu les aimes comment ? Brun ? Blond ? Roux, avec ou sans cheveux ? Musclé ? BCBG ? Grand ? Barbu ? Tatoué ? Mince ?

J'ai l'impression d'être chez le marchand de glaces, indécise devant trop de parfums.

— Je ne sais pas, vanille ?

— Quoi ?

— Je dis je ne sais pas ! Un homme, quoi. Pas trop moche, pas gros et pas trop poilu. Propre surtout !

— Je vais t'arranger ça !

— Ah bon ? Comme ça ? Mais si je ne lui plais pas ?

— Sylvie, je te dis que je vais trouver ! Par contre, si je peux me permettre, faut que tu ailles chez le coiffeur ! Ce n'est pas possible, ta tignasse ! Tu n'es pas moche, c'est juste que tu ne sais pas t'arranger.

À l'entendre, mon célibat ne tiendrait qu'à un cheveu.

— Je sais, mais c'est comme si on m'avait jeté un sort. Les coiffeurs me ratent systématiquement.

— Mais non, c'est juste que tu n'as pas trouvé le bon ! Je vais te prendre un rendez-vous ! Et puis, pour le mec, je vais mener l'enquête, j'ai déjà ma petite idée !

Je suis bluffée. Dans sa bouche, tout est simple, léger, limpide. Il n'y a pas de problèmes, juste des solutions. Et elle part déjà, toute contente à l'idée de me faire changer de tête, tout excitée de me dégotter un amant au débotté. Elle ne doute pas, elle est sûre de son coup. C'est un jeu qu'elle est certaine de gagner. Je lâche un long soupir. Sans le savoir elle m'allège d'un fardeau, sans le savoir elle me dégage les voies respiratoires. Je bois mon café en souriant. J'ai à peine fini qu'elle revient déjà.

— Bon, je t'ai pris rendez-vous pour aujourd'hui à 15 heures avec le coiffeur des stars, j'ai dit que c'était une urgence, que ta coiffeuse habituelle était malade et que tu avais une soirée Vuitton, je te conseille de laisser un bon pourboire.

— 15 heures ? Mais c'est en plein après-midi !

— Bon, Sylvie, tu es la seule de la boîte à ne jamais être absente ! Et puis, faut savoir ce que tu veux ? Tu me demandes, je t'aide !

C'est juste que j'avais sous-estimé sa réactivité. Laura n'est pas toujours aussi efficace, surtout quand il s'agit de taper des contrats. En même temps, comment lui en vouloir ? Il faut avoir une vie sacrément ennuyeuse pour se plonger comme moi des heures entières et sans rechigner dans les méandres du droit d'entreprise.

— Tu devrais carrément prendre ton après-midi et faire du shopping !

— Quoi, c'est la cata, c'est ça ?

Pendant qu'elle m'observe, je la vois qui cherche les mots pour ne pas tirer sur l'ambulance, tout en voulant me signifier l'urgence de la situation.

— Qu'est-ce qui ne pas ? Vas-y, dis-moi ! Je ne suis plus à ça près !

— Ce n'est pas ça, mais disons que ton style est un peu sévère, un peu… triste.

J'attends le couperet final.

— Tu vois, Sylvie, tu es mince avec de longues jambes, tu ne les mets jamais en valeur, tu ne portes jamais de jean ! Alors qu'une jolie veste, des talons et un jean bien coupé, ça t'irait super bien ! Ce serait tout de suite plus moderne ! Un peu comme Inès de La Fressange, tu vois ? Elle est plus âgée, mais elle fait plus jeune que toi.

C'est vrai. Elle est aussi plus belle, plus sexy, plus élégante, mieux gaulée, plus élancée, plus riche, plus entourée, plus admirée, plus aimée, plus stylée que moi et que 90 % de la population féminine. C'est un top model ! Autant comparer une croûte d'antiquaire à une peinture de Michel-Ange !

— Nan, mais tu vois ce que je veux dire ?

Très bien, je ne suis pas à une humiliation près. J'ai peut-être surestimé les capacités de coaching de Laura dans cette affaire.

Mais Laura a raison sur un point. Je ne me suis jamais absentée. Je n'ai jamais séché, jamais manqué un seul jour de travail. Que je sois patraque ou malade comme un chien, je n'ai jamais songé à rester chez moi. Sans doute parce que j'avais plus de chances de me faire dorloter au bureau que seule chez moi où je pouvais crever sur place sans que personne ne s'en inquiète. Quand on vit seule, on souffre seule.

— Mais tu as raison, je vais prendre mon après-midi.

Après tout, les dossiers Fayard, Lefèvre ou Bisson peuvent attendre. Ils vont devoir d'ailleurs bientôt apprendre à se passer de mon savoir-faire. Autant les préparer. Non pas que je sois la seule habilitée à œuvrer dans leur sens pour les contrats, mais je suis sûrement la plus consciencieuse et la plus appliquée dans ce domaine. La matinée se passe tranquillement. Une fois n'est pas coutume, je pars à l'heure du déjeuner. J'ai rendez-vous à 15 heures dans le deuxième arrondissement, je décide de flâner dans le quartier Montorgueil. Les boutiques de mode y ont poussé comme de la mauvaise herbe. Je regarde les vitrines sans trop oser rentrer. Je repère les tenues susceptibles de m'aller. Je réalise à quel point je me suis désintéressée de la mode, à moins que cela ne soit le contraire. Laura a raison. J'ai l'air d'une retraitée de la Poste.

Je me décide à entrer dans une boutique Comptoir des Cotonniers. J'ai beau avoir les moyens, je suis surprise par les prix affichés. Le moindre manteau est à trois cents euros.

— Si vous avez besoin d'un renseignement, n'hésitez pas !

La vendeuse m'a fait sursauter. Elle est sortie de sa pile de vêtements comme un diable de sa boîte.

— Je regarde, merci.

— Essayez-le ! Vous êtes grande et mince, c'est pile ce qu'il vous faut ! En plus c'est votre taille !

Et elle me le tend pour que je le passe.

Qu'est-ce qu'elle est en sait, celle-là, de ce qu'il me faut ? Je préférerais la chaleur d'un homme à celle d'un manteau.

— Vous avez un miroir, là.

Je m'avance timidement vers mon reflet. J'ai une mine de papier mâché, des cernes qui lancent des appels de phares et une tignasse de toute évidence abandonnée par sa propriétaire. Mais le manteau n'est pas mal. Sa coupe est sobre, élégante, une couleur d'automne sans être sinistre. Il me va. Bien. J'ai l'air moins voûtée.

— J'ai de très jolies écharpes en cachemire si vous voulez, très douces, un vrai bonheur pour la peau.

Un vrai bonheur pour la peau. Y a pas à dire, elle sait ce qu'il me faut.

— Pour cet hiver, vous verrez, elle est aussi légère que chaude.

Et elle me l'enroule délicatement autour du cou.

Je découvre avec délice la douceur et la légèreté du cachemire, bien plus agréable que ma grosse écharpe en laine qui gratte offerte il y a six ans par maman. J'ai définitivement besoin de douceur.

— Je vais prendre le manteau et l'écharpe.

La vendeuse me renvoie son plus beau sourire. Dans cette boutique, je me sens étrangement bien, détendue, heureuse d'être dépensière et oisive en pleine semaine. Je la quitte délestée de presque six cents euros tout en remerciant intérieurement Laura de m'avoir incitée à faire ma première école buissonnière. J'arrive détendue chez le coiffeur où je suis tout de suite prise en charge par Laurent, un jeune assistant aussi mielleux qu'efféminé. Autour de moi des femmes d'âge mûr se font manucurer, coiffer, dorloter, brushinguer dans un brouhaha chaleureux. Une ruche peuplée de reines. C'est dépaysant. Béate, j'enfile ma blouse et j'accepte une tasse de thé tandis que Laurent m'emmène au shampoing. Confortablement installée dans le fauteuil en cuir, je souris de bien-être tandis que d'une main douce et experte Laurent me masse le cuir chevelu. L'eau parfaitement tiède finit de me détendre. C'est absolument divin. J'en ai des frissons jusque dans le bas de la nuque. Je m'abandonne à une certaine extase. C'est à peine si je pense aux dossiers que j'ai momentanément abandonnés. Puis, comme dans un rêve, je suis Laurent qui me fait asseoir devant une coiffeuse et là, c'est le choc. En voyant mon visage triste et fatigué tout enturbanné, le charme se rompt. Mais très vite « Lulu », un charmant trentenaire bronzé et sexy à souhait, se place derrière moi et me masse les épaules amicalement. Il est extrêmement sympathique.

— Alors, la belle, qu'est-ce qu'on fait ?

Je m'entends répondre : « Tout ce que vous voulez ! »

Il rit de ses belles dents blanches tout en regardant le couple mal assorti que nous formons dans le miroir. À ses côtés j'ai l'air d'un cadavre fraîchement déterré. Il m'enlève délicatement la serviette de la tête.

— Mais c'est quoi tous ces cheveux ? Y en a beaucoup trop ! On va couper tout ça ! s'amuse-t-il en me passant ses mains chaudes et douces dans les cheveux, tout en effleurant au passage ma nuque.

Une onde de plaisir descend immédiatement le long de ma colonne. C'est si bon que j'en ai les larmes aux yeux. Je rougis. J'ai honte, honte de sentir ma culotte se mouiller au simple contact de ses mains sur ma tête et mes épaules. J'attrape doucement un magazine et commence à le feuilleter pour me donner une contenance. Ce simple contact, tactile et chaleureux, me fait prendre conscience de mon terrible manque d'affection, de chaleur humaine. J'évolue dans un tel désert sentimental que je suis assoiffée de tendresse. Même un chien reçoit plus de caresses que moi. Je suis gravement carencée en amour et aucune vitamine, aucun complément alimentaire ne pourra me doper. J'en suis réduite à me nourrir des miettes de tendresse que l'on veut bien me donner. Lulu a l'air de se passionner pour moi, pour mes cheveux. Je le vois de temps en temps qui prend un air outré ou contrarié en scrutant une mèche. Il minaude devant un public conquis d'avance. Mais il est content, avec moi il va pouvoir donner toute la mesure de son talent. Avec moi c'est facile. Impossible de me rater. Ça ne peut pas être pire que cette masse brute volumineuse et informe digne de l'époque des cavernes. On voit bien que je ne sors pas beaucoup de ma grotte. Je regarde sans trop y croire une autre Sylvie qui apparaît, coup de ciseaux après coup de ciseaux. Le sol disparaît un peu plus à chaque mèche brune qui tombe. À mes yeux Lulu est un artiste au même titre que le sculpteur qui travaille une matière brute pour en faire sortir une ligne gracieuse, une silhouette, un mouvement. D'ailleurs il n'est pas coiffeur mais « artiste capillaire » – il n'a pas volé son nom. Je ferme les yeux pour mieux profiter des effets du brushing. À chaque coup de brosse je sens un léger tiraillement, un picotement de plaisir. Mes cheveux s'abandonnent sous l'effet de la chaleur. Quand il a fini, je lui souris dans la glace. Il est presque aussi ému que moi. Il a fait du bon boulot. Il n'y a pas que la coupe qui a changé. Mes cheveux sont eux aussi transformés, ils sont doux, souples, presque soyeux, comme domptés. Ils retombent harmonieusement autour de mon visage. On remarque davantage mes yeux et un peu moins mes cernes. C'est comme si les traits de mon visage s'étaient détendus. J'ai l'air moins triste, moins vieille, moins seule. Mes cheveux sont comme moi, ils avaient juste besoin qu'on les regarde, qu'on les touche, qu'on les caresse, qu'on les bichonne, qu'on les aime. Reconnaissante, je laisse dix euros de pourboire à Laurent pour son orgasme capillaire et vingt à Lulu. Et j'achète sans discuter tous les produits qu'il me conseille. La note salée ne me fait pas perdre le sourire.

— En tout cas, vous êtes plus radieuse qu'en arrivant. Vous avez meilleure mine ! Ça change tout, hein ?

— Presque tout, je m'entends répondre.

Je repars métamorphosée. Je me sens légère, reposée. Je découvre en sortant le sms de Laura : « Je crois que j'ai trouvé !!! »

Un nouveau manteau, une nouvelle coupe, la promesse d'un rendez-vous galant, Laura a raison, je suis à deux doigts d'avoir la vie d'Inès de La Fressange.

Je me dis qu'avec ma nouvelle tête je ferai moins pitié quand les pompiers me trouveront.

J'aurai moins l'air d'une vieille fille abandonnée par la vie. D'ailleurs, il faut que je pense à écrire mes dernières volontés. Je demanderai à être enterrée avec mon nouveau manteau et mon écharpe en cachemire. C'est les vers qui vont se régaler.

Le lendemain matin, quand je sors de l'ascenseur, Laura me fait des grands signes du pouce pour bien me signifier qu'elle approuve totalement ma nouvelle coiffure. Dans le métro déjà, je me sentais un peu moins transparente.

— Waouh ! C'est fou comme ça te change !

— Merci !

— Et c'est un nouveau manteau ? Il est canon !

— Oui, tu vois, je t'ai écoutée. Merci Laura, tu avais cent fois raison, j'avais besoin de changer de tête.

— Ah non, mais ça te rajeunit vachement, un truc de dingue ! Et puis ça fait ressortir tes yeux ! J'avais pas vu, mais tu as de très beaux yeux noirs !

— Excuse-moi, mais j'ai un peu mal à la tête ce matin, je vais me chercher un café et me mettre au boulot.

— Bouge pas, je vais te le chercher ! Et puis j'ai quelque chose à te montrer !

Elle s'éloigne en me faisant un petit clin d'œil.

J'ai beau lui être reconnaissante, je ne suis pas à l'aise avec cette nouvelle complicité affichée. J'espère ne pas avoir mis le pied dans un engrenage. Je n'avais pas envisagé que Laura puisse se prendre autant au jeu, j'imagine que je représente un beau challenge à relever ! Transformer la chenille en papillon. Plutôt en mite, en ce qui me concerne.

— Tiens, attention il est chaud ! Bon, je n'ai pas chômé pendant que tu te faisais relooker et j'ai repéré quelqu'un qui pourrait faire l'affaire. Dis-moi ce que tu en penses.

Laura dégaine son smartphone et me le met d'office dans les mains. Je découvre une photo de profil Facebook. Un homme légèrement chauve et barbu, pris en haut d'une montagne verte, le regard perdu on ne sait où.

— C'est qui ?

— Éric Lejeune, un « friend ».

— Un « friend » ?

— Oui, un ami Facebook ! Je le connais pas vraiment, mais j'ai regardé son profil. Il semble n'avoir ni femme ni enfant, il passe ses vacances en randonnée seul ou avec des copains, il a l'air super sympa !

— Tu veux me présenter quelqu'un que tu ne connais pas ?

— Il a une bonne tête, non ? Ni trop moche ni trop beau, comme tu m'as dit ! En plus il habite Paris !

— Mais tu ne le connais pas ? Pourquoi vous êtes « friends » si vous n'êtes pas amis ?

— Mais c'est un ami d'ami, je ne sais plus ! C'est comme ça Facebook ! On n'est pas obligés de se connaître pour s'apprécier ! Écoute, si on est « friends », c'est qu'on a forcément des choses en commun !

Je regarde la photo d'Éric Lejeune en me demandant ce qu'on a commun. Déjà, je ne pratique pas la randonnée et la campagne me déprime.

— OK, mais si tu le connais pas, comment tu peux me le présenter ?

— T'inquiète, on va trouver ! D'abord, est-ce qu'il te plaît ?

La question serait plutôt est-ce que je vais lui plaire ? Je ne suis pas en position de jouer les divas, du moment qu'il a deux bras, deux jambes et une bite, je prends ! Je ne cherche pas le grand amour, juste un coup d'un soir. Ou deux. Bref.

— Je ne sais pas, faut voir ! S'il n'a pas mauvaise haleine, oui, il me plaît. Il a l'air gentil et c'est un amoureux de la nature, c'est pas si mal.

Laura trépigne de joie, comme si c'était la veille des soldes.

— Bon, déjà, j'en ai trouvé un qui te convient ! Pour le reste, on va réfléchir ! C'est génial, je suis trop contente, pour le moment j'ai tout bon !

— Oui, merci Laura, mais vraiment, j'insiste, ça reste entre nous ? Si je surprends le moindre sourire ou petit ricanement derrière mon dos, je te jure que je te supprime tous tes tickets resto !

Laura me jure d'être une tombe et sort de mon bureau en couinant d'excitation. Je passe le reste de la journée à rattraper mon retard de la veille et à éviter Laura. Je m'occupe en pensant avec un mélange d'impatience et d'anxiété à ma séance de ce soir.

— Vous êtes allée chez le coiffeur ?

— Oui, sur les conseils avisés de Laura mon assistante.

— Ça vous va bien !

— Merci.

Il fait celui qui ne voit pas que je rougis. Il doit me trouver tellement pathétique. S'il savait à quel point je le suis !

— Alors ? Où en êtes-vous par rapport à ce qu'on s'est dit la semaine dernière ?

— Eh bien, disons que j'essaie de faire ce qu'il faut pour rencontrer un homme.

— Vous prenez soin de vous, c'est bien. C'était plus agréable cette fois ?

— Oui et non.

— Je vous écoute.

— C'était agréable parce que se faire chouchouter, masser, c'est un vrai bonheur. Le coiffeur était charmant, chaleureux, attentif. Une vraie bonne surprise.

— Mais ?

— Mais, paradoxalement, c'était aussi douloureux.

— En quoi était-ce douloureux ?

— Être seule, ça n'est pas seulement vivre seule, prendre ses repas seule, s'endormir seule, se réveiller seule, faire ses courses seule. C'est aussi n'être jamais touchée, jamais câlinée, jamais enlacée, jamais aimée. C'est dur. Je ressens un vrai manque physique et moral. Et quand ce coiffeur, Lulu, s'est montré si chaleureux envers moi, si tactile… ça a réveillé des sensations et j'ai eu honte. Honte parce qu'il s'agissait de simples marques de gentillesse, d'ailleurs il est homo, donc il n'y avait vraiment rien de tendancieux ou d'équivoque dans sa manière de me toucher. Je me suis sentie embarrassée. J'avais l'impression d'être une sorte de perverse. Il faut vraiment être une pauvre fille pour frémir à un simple contact sur la nuque. Il faut vraiment être en manque. Vraiment être seule.

— Mais vous vous êtes sentie vivante.

— Oui, c'est vrai. Et ça fait d'autant plus mal que ça ne m'était pas vraiment destiné. Je veux dire, c'était mécanique. Chaleureux mais mécanique, presque un réflexe. C'est son quotidien, sa façon d'être agréable avec ses clientes, pour moi c'était exceptionnel.

J'essuie une larme.

— Mais vous savez que ça peut changer. Vous savez que vous pouvez rencontrer quelqu'un, Sylvie.

— Non, justement. Je ne suis pas une femme divorcée qui se retrouve sur le carreau à quarante-cinq ans, une veuve ou une mère célibataire. Je suis une vieille fille. Je n'ai jamais vraiment été aimée. Et quand j'aimais, c'était à sens unique. Aucun homme n'a voulu me faire un enfant. Je n'inspire rien ni personne.

Je me mouche bruyamment.

— Et d'après vous, Sylvie, pourquoi ?

— Je ne sais pas ! C'est aux hommes qu'il faut le demander ! Je vois des femmes bien plus moches que moi qui sont en couple ! Je ne suis pas terrible, mais je ne suis pas repoussante à ce point ?

— Non, Sylvie, vous êtes loin d'être repoussante. Votre physique n'a rien à y voir et vous le savez.

— Alors, qu'est-ce qui cloche chez moi ?

— Je crois que la question que vous devriez vous poser c'est : pourquoi je ne me sens pas digne d'être aimée ?

— Ah, parce que c'est ma faute en plus ? dis-je en reniflant.

— On est tous plus ou moins responsables de nos vies, vous ne croyez pas ?

Il m'énerve. « On est tous responsables de nos vies, vous ne croyez pas ? » Gnagna gnagna. C'est ma faute à moi si je suis née moche et sans charme ?

— Je ne peux tout de même pas obliger les hommes à m'aimer !

— Non, mais vous pouvez vous rendre aimable.

Il me regarde, content de son petit effet. Il croit m'avoir mouchée avec sa petite vérité bien sentie. J'ai envie de le gifler. Moi qui suis si lisse, je me découvre une violence insoupçonnée, je déborde de partout.

— De toute façon on va bien voir, puisque je suis sur un coup.

— Vous avez rencontré quelqu'un ?

— Presque. Un « friend ». Un ami d'ami de Laura, mon assistante. Je sais, dit comme ça, c'est très idiot et vraiment pas gagné, mais il paraît que c'est très courant sur Facebook.

— Je connais Facebook.

— Ah ? Et vous en pensez quoi, vous ?

— Rien de particulier. Mais je constate dans mes consultations que c'est un réseau social qui laisse rarement les gens indifférents. Qui est au cœur de leurs vies, de leurs préoccupations. Et qui peut d'ailleurs générer beaucoup de tensions, de vexations.

— C'est vrai ? Ça ne m'étonne pas. Je n'ai jamais voulu m'inscrire, c'est pas mon truc. Mettre ses photos de vacances, voir le bonheur des autres s'afficher, c'est limite indécent. Ça aurait été le supplice de Tantale. Je n'ai pas besoin de voir des photos de bébés, de couchers de soleil ou de mariage, je me sens suffisamment seule et malheureuse comme ça. Et puis j'ai tellement peu d'amis que ce serait ridicule.

— Vous avez rencontré ce friend ?

— Pas encore, mais c'est en cours.

— Vous me raconterez la prochaine fois ?

— Peut-être, si c'est racontable ?

Il a raison, je suis en progrès, je lui arrache un sourire.

Laura m'attend déjà dans mon bureau, un café à la main.

— Ah, Sylvie, il fallait que je te voie pour le dossier Lejeune.

— Lejeune ?

— Oui, tu sais, le dossier « Lejeune » ?

Je comprends à son air qu'elle a du nouveau, du très lourd, et qu'elle ne tiendra pas sa langue plus longtemps si je ne ferme pas toute de suite la porte de mon bureau.

— Je t'ai organisé un rancard !!!

— Déjà ?

— Ben oui ! Tu vas pas attendre la Saint-Glinglin !

— Mais il a dit oui ? Il sait que c'est avec moi ?

— Écoute, je lui ai dit que j'avais une super copine célibataire qui avait flashé sur lui et…

— Quoi ? Mais ça va pas ? Tu as dit « flashé » ?

— Bon, tu me fais confiance ou pas ?

— OK, mais j'espère que tu n'as pas raconté n'importe quoi à mon sujet.

— Le plus important, c'est que tu le vois demain soir !

— Demain soir ?

La tête me tourne, tout va si vite. Il faut que je m'assoie. Laura me rajoute un sucre dans mon café. Hier je découvrais à peine l'existence de cet Éric via une photo de profil Facebook, et voilà que je suis censée coucher avec lui demain soir !

— Bois !

J'avale une gorgée de café trop chaud sans rechigner.

— Je ne sais pas si j'en suis capable, Laura. Je ne le connais pas, on n'a aucun ami en commun, je n'ai pas dîné seule avec un homme depuis une décennie. De quoi va-t-on parler ? Et s'il est déçu ? Et s'il détale en me voyant ? Non, impossible, dis-lui que c'était une blague ou une erreur, que ton compte a été piraté, dis n'importe quoi mais annule ! J'ai chaud ! dis-je en arrachant mon écharpe en cachemire.

— Calme-toi, Sylvie.

Laura me regarde avec inquiétude.

— Excuse-moi si je t'ai bousculée. Je voulais bien faire, j'étais contente de te rendre service. Je vais te chercher un verre d'eau.

— Non, ça va, merci.

Je reste assise comme une petite vieille qui a perdu la boule et ne sait plus où elle habite. Je respire un grand coup.

— C'est toi qui as raison Laura. C'est moi qui t'ai demandé de me rendre ce service. Ça va juste un peu vite pour moi. Je ne suis pas aussi à l'aise que toi.

Laura me sourit.

— Tu veux dire que tu ne parles pas à tort et à travers comme moi ?

C'est à mon tour de lui sourire.

— Écoute. Je ne connais pas Éric Lejeune, mais je pense que c'est un mec bien. J'ai étudié son profil, il like tous les liens sur l'environnement, la protection de la nature, les animaux. Il est fan de la page Sea Shepherd Society ! Il signe les mêmes pétitions que moi !

Tu parles d'un argument.

— Dans quoi tu m'embarques, Laura ?

— Mais ce n'est qu'un dîner ! Si tu veux, je resterai dans les parages et au moindre problème je déboule !

— Non, ça ira, merci.

Je la regarde. Elle est si fraîche, si nature.

— Tu irais, toi ?

— Si je n'étais pas mariée, tu veux dire ?

— Oui.

Comme si ça changeait quoi que ce soit à la donne.

— Bien sûr ! Tu sais, ce n'est pas si différent que de rencontrer un mec dans un bar ! Sauf que là tu sais à peu près à qui tu as affaire ! Et puis entre nous, Sylvie, ça ne peut pas te faire de mal ! De sortir, je veux dire !

Et puis merde ! Je pense à mon psy et je me dis qu'après cette dernière séance où je n'ai pas arrêté de pleurnicher et de geindre sur moi-même, ce serait bien que je lui raconte un truc positif. Que je voie ce que j'ai dans le bas-ventre. Mes deux derniers exercices se sont soldés de façon lamentable, ça ne peut pas être pire quand même ? À condition bien sûr qu'Éric ne prenne pas ses jambes à son cou en me voyant. Si c'est le cas, je me suicide direct en rentrant !

— Mais, heu, tu lui as dit quel âge j'avais ? Il a vu ma tête ? Enfin la nouvelle.

— Non, j'ai préféré jouer la carte du mystère. Je lui ai juste dit que tu étais une *working girl*, que tu avais la quarantaine et que tu l'avais trouvé charmant.

Une *working girl*. Il ne manquait plus que ça. Laura a vraiment l'art de voir le bon côté des choses. Une vraie bonimenteuse. Évidemment, c'est plus vendeur qu'une vieille fille suicidaire et à moitié frigide.

— Remontre-moi sa page Facebook !

Laura ne se fait pas prier, elle me l'ouvre en un rien de temps sur mon ordinateur et sort pour me laisser en tête à tête avec mon prétendant. En fouinant sur sa page j'apprends qu'il habite Paris, mais est originaire de Bordeaux. Il doit être plus ou moins commercial. Laura avait raison, c'est un adepte des pétitions : Amnesty International, Reporters sans frontières, Greenpeace. Il n'est pas avare de bons sentiments. Et bien sûr il est Charlie. Il réagit à chaque demande de mobilisation. Un gentil *a priori*. Ses photos personnelles représentent des paysages de montagne ou d'ailleurs, quelques week-ends entre amis. Apparemment, il est amateur de bon vin, pas très original pour un Bordelais. Pas de pieds nus en éventail au bord de la piscine. Un bon point pour lui. J'essaie de m'imaginer à ses côtés sur une photo, en short une gourde à la main, en train de gravir un chemin de pâturage, un peu rougie par l'effort, souriant malgré la fatigue devant l'objectif. Mon Dieu. C'est tellement ridicule que je referme sa page. Je suis prise de vertige. Comment doit-il m'imaginer ? Ça ressemble à quoi, une *working girl* ? Tailleur sexy et Louboutin ? Comment vais-je m'habiller ? Et combien de Lexomil ?

J'appelle Laura.

— J'arrive, répond-elle immédiatement.

Elle me jette un regard inquiet, comme si j'étais à la veille d'une transplantation cardiaque. Elle n'a pas tout à fait tort. C'est une opération lourde pour mon petit cœur. J'espère qu'il va tenir le choc.

— Ça se passe où ?

— Ou tu veux, en fait. Il a proposé un bar à vins du côté de Bastille, mais c'est à ta convenance.

— Ça me va très bien. Quelle heure ?

— Comme tu veux, Sylvie. 19 heures ? 20 heures ?

— 19 heures, parfait.

Je préfère ne pas me laisser le temps de repasser chez moi. Je serais capable de m'attacher au radiateur et d'avaler la clé. Il faut que je me lance. Quarante-cinq ans, merde !

— Par contre, on est d'accord, on va juste boire un verre… Le dîner est en option.

— Pas de problème, Sylvie.

Je la regarde, angoissée.

— Comment je m'habille ?

— Tu veux que je te conseille, vraiment ?

— Ben oui !

La voilà qui commence à sourire.

— En jupe, sans culotte.

— Arrête tes conneries, Laura, tu ne vois pas que je suis suffisamment stressée comme ça ?

— Bon, si j'ai bien compris, tu veux juste t'éclater ? Alors moi, dans ces cas-là, je mets une jupe ou une robe et pas de culotte. Le tout c'est de l'annoncer au bon moment. Effet immédiat. Succès garanti.

Je ne sais pas si elle se fout de moi ou si elle est encore plus décomplexée que je ne l'imaginais.

— Sinon, un jean et un joli chemisier, ce sera très bien. Bon, sur ce, j'ai du boulot moi aussi !

Et elle tourne les talons en me laissant seule face à ce terrible dilemme : avec ou sans culotte ?

Je décide de remettre la réponse à plus tard et me plonge avec soulagement dans mes contrats et mes dossiers. Là, au moins, je ne me pose pas de questions. Je sais.

Le soir je quitte le bureau en évitant au maximum le regard de Laura. J'aurais bien besoin de boire un verre. J'appelle mon amie Véronique.

— C'est sympa de se voir comme ça en semaine.

— Oui, après tout, personne ne nous attend.

J'ai proposé à Véronique qu'on se retrouve dans le fameux bar à vins de Bastille. J'espère ainsi prendre mes repères pour demain. Je suis étonnée qu'il y ait autant de monde à cette heure. Je ne suis pas très à l'aise perchée sur mon tabouret, mais je n'ai pas le choix si je veux m'asseoir. Je regarde discrètement comment sont habillées les *working girls* autour de moi. Peu sont en robe ou en jupe. Mais le talon est à l'honneur, c'est indéniable. Elles sourient, joyeuses et carnassières, jouent avec leurs boucles d'oreilles tout en feignant d'ignorer les regards portés sur leur décolleté ravageur. Elles maîtrisent, elles assurent, elles gèrent. Mais le vin et l'ambiance bon enfant me rassurent. Ce sera un rendez-vous informel entre deux collègues, des « amis d'amis d'amis ».

Véronique m'observe en sirotant son verre de chablis. Sur son tabouret haut perché, elle paraît plus tassée que d'habitude. Je la vois qui camoufle ses bourrelets derrière sa veste qu'elle tient en boule sur son ventre. Personne n'est dupe. Ça m'agace et ça m'émeut.

— Tu as changé.

— Je suis allée chez le coiffeur.

— Je ne te parle pas de ça. Ça te va très bien d'ailleurs, tu me donneras l'adresse.

— De quoi tu parles ?

— Je ne sais pas, tu es différente, c'est tout. Mais je ne dis pas que c'est mal. Tu as l'air plus… détendue, je dirais. Après tous ces mois à t'occuper de ton père, ça fait plaisir de te voir comme ça. Tu as l'air en forme.

— Merci. En fait, j'ai suivi ton conseil, je suis allée voir un psy.

— Ah !

Véronique est aux anges, je ne pouvais pas lui faire plus plaisir.

— Qui ? Je le connais ?

En lectrice assidue de *Psychologies Magazine*, Véronique croit connaître tous les psys de Paris. La psychologie, c'est son dada. Il faut dire qu'elle en a usé quelques-uns.

— Je ne crois pas. Je l'ai trouvé un peu par hasard, pas très loin de chez moi. J'ai privilégié le côté pratique.

— Et alors ?

— Tu as raison, ça fait du bien de parler.

Je tiens à lui faire ce plaisir. Je lui dois bien ça. Elle sera si déboussolée après Noël.

— Un homme alors ?

— Oui. Pas mal du tout en plus, ce qui rend les choses plutôt agréables.

— T'as bien raison, ma vieille ! rit-elle en se tapant sur la cuisse, comme si on était aux Grosses Têtes.

— Sinon tu as réfléchi pour Noël ? Tu vas pas rester toute seule quand même ?

— Non, c'est bon, je te remercie, cette année je pars en vacances.

— Tu vas au ski ?

— Non, je pensais à un endroit plus paradisiaque…

— Tu vas partir au soleil ? En club ?

— Non, seule. Je pars seule. Mais t'inquiète, je serai bien.

J'ai conscience de lui jouer un sale tour. Plus tard elle repensera à cette conversation avec effroi. J'espère seulement qu'elle me pardonnera et qu'elle ne culpabilisera pas. Mais je ne peux pas lui dire, c'est trop personnel, trop intime. Et surtout, elle ne comprendrait pas. Je ne veux pas me justifier. C'est ma vie, ma décision, mon point final.

Tu as bien raison, ma chérie ! Tu as besoin de vacances ! Tu vas rentrer toute bronzée. Si je n'avais pas les enfants, je ferais pareil ! On pourrait programmer ça cet été, ce serait *fun* ?

Fun. Je soupçonne Véronique de vouloir paraître plus jeune qu'elle n'est. Sa façon à elle d'être coquette. Malheureusement je crois que ce serait surtout sinistre.

— Oui, pourquoi pas. Et toi ? Comment ça va ?

— Oh moi, tu sais… J'ai appris que l'autre pute était enceinte, tu te rends compte ? Il va être à nouveau papa, à son âge ! Alors qu'il pourrait être grand-père ! Il a viré complètement ridicule ! Les enfants sont furieux ! Cette petite pute lui a retourné la tête. Tu le vois, à son âge, donner le biberon à quatre heures du mat ?

Ces derniers temps, le seul bonheur de Véronique consiste à traiter sa jeune rivale de « pute ». Toute sa haine dans un seul mot. Je la comprends, même si ça me heurte à chaque fois que je l'entends. Cette rupture tristement banale l'a abîmée et rendue amère. Comment ne pas l'être ? Se faire jeter comme un vieux concombre après vingt ans de vie commune, ça doit faire mal, évidemment. Mais je n'ai pas envie de l'écouter se lamenter ce soir. Et puis, au lieu de se focaliser sur son ex, elle ferait mieux de s'attaquer à ses kilos en trop. Elle a largement de quoi s'occuper. Je sais que je suis injuste avec elle. Mais je n'arrive pas vraiment à la plaindre. Elle a connu la vie de couple pendant vingt ans. Elle a eu sa chance. Pas moi. Mais Véronique a vu juste, j'ai changé. Avant j'étais une vieille fille, une orpheline qui venait d'enterrer seule son père. Ce soir, je suis une *working girl* qui boit un verre en toute décontraction avec une amie, après une journée de travail. Une *working girl* qui s'apprête à rencontrer homme. Place au sexe.

Je lui propose qu'on prenne un deuxième verre.

— Tu as raison, on ne va pas se laisser abattre ! Elles ont l'air sympathiques comme tout ces petites assiettes de charcuterie, on s'en prend une ?

Je quitte Véronique repue et légèrement pompette. Ce soir je n'aurai pas à manger seule devant ma télé. Juste à me glisser sous la couette. Je n'ai pas voulu lui parler de mon rendez-vous de demain. Je ne sais pas encore ce que je vais faire. Je ne sais même pas si je vais y aller. Je ne me vois pas du tout débarquer en jupe et m'asseoir sans culotte sur le tabouret. D'une part il fait un peu froid pour se balader sans collant, et ensuite si quelqu'un s'en rendait compte ? Et puis j'aurais trop peur que ça me perturbe. Comment engager une conversation sérieuse avec un inconnu le cucul à l'air ? Mais là, tout de suite, je ne veux plus penser. Je veux dormir. Il y a bien longtemps que je ne me suis pas couchée avec cette impatience d'être déjà demain. Demain c'est le grand inconnu. Demain c'est le grand soir.

La sonnerie du réveil me tire de mon sommeil. Je l'éteins et me pelotonne avec délice sous ma couette chaude. J'entends la pluie qui tape déjà contre les carreaux. Je n'ai pas envie de me lever. Je n'ai pas envie de bouger. Je suis bien, en boule sur moi-même. Ce matin je fais la marmotte. Je n'ai pas le courage d'aller au bureau. Je fais relâche. Je pense à tous ces petits moments de bonheur que j'ai sacrifiés. Je suis bien la fille de mon père. Jour après jour, semaine après semaine, mois après mois, année après année, j'ai moi aussi économisé mes petits et grands plaisirs. Des moments de détente ou de simple bien-être. Au profit du travail ou du sens du devoir. Comme un bon petit soldat. Alors aujourd'hui je vais commencer ma journée par un long bain, puis j'irai faire un peu de shopping. Je dois trouver la robe ou la jupe qui me donnera le courage de commettre une folie. J'ouvre la bouteille de bain moussant qui m'a causé tant d'embarras. Au contact du jet d'eau le liquide crémeux se transforme en mousse abondante et vanillée. Je plonge un premier pied avec délice. Alanguie dans mon bain chaud, je ne peux m'empêcher de penser à celui que je prendrai le jour de Noël. Est-ce vraiment une bonne idée ? Quand je serai morte, le bain aura refroidi, la mousse se sera évanouie, je ne serai plus qu'un corps froid plongé dans une eau trouble. Combien de temps vais-je rester avant qu'on ne me trouve ? Véronique me croira en train de bronzer tranquillement sur une plage des Seychelles, mes voisins seront sûrement descendus en province pour les fêtes et au bureau personne ne s'inquiétera de mon absence avant plusieurs jours. Est-ce que Franck préviendra les secours ? Le fera-t-il avant ou après ? Dans quel état les pompiers vont-ils me trouver ? Seront-ce les mêmes qui m'ont prise en charge à ma sortie du salon de beauté ? Serai-je seulement reconnaissable ? J'ai vu suffisamment de films policiers pour savoir qu'un corps resté trop longtemps immergé n'est pas beau à voir. Déjà rien qu'au bout d'une heure, j'ai les doigts tout flétris, alors que se passera-t-il après plusieurs heures ? Plusieurs jours ? Peut-être devrais-je tout simplement me coucher avec beaucoup de somnifères. Ce serait plus digne. Plus doux. Plus respectable. C'est étrange et grisant de penser ainsi à ma propre mort. Pas effrayant. Maman, elle, ne s'est pas vue mourir. Elle faisait ses courses, comme tous les jours, quand elle a ressenti une douleur à la poitrine. Sans un cri, elle s'est effondrée, son sac à commissions s'est répandu sur le trottoir, elle n'a pas eu l'occasion de le ramasser. Crise cardiaque. C'était tellement brutal, tellement soudain, tellement injuste. Avant sa mort je n'avais pas réalisé qu'elle était mortelle. Elle était mon tout et elle est partie sans préavis. Sans dire un mot, en bonne ménagère, ses courses étalées à ses pieds. Elle devait penser au déjeuner qu'elle allait préparer et la seconde d'après elle était morte. Comme on éteint une lumière. C'est aussi simple que ça. La mort de papa a été longue, laborieuse, douloureuse. Des semaines de chimiothérapie inutile. Puis l'arrêt du traitement. Puis la longue agonie. Je le revois enfoncé dans son lit d'hôpital, tout maigre, tout gris avec sa mine de papier mâché. Ses cellules le lâchaient les unes après les autres. Son corps s'effritait. Même la couleur bleue de ses yeux s'effaçait. C'était déjà un fantôme, mais il ne faisait peur qu'à lui-même. On aurait dit un petit garçon effrayé. À la fin, quand il m'a demandé s'il allait mourir, j'ai été incapable de lui répondre. Il m'a reposé la question et j'ai fait juste non de la tête. Mais toutes mes larmes lui disaient oui. Je m'en veux encore de ne pas avoir pu le rassurer. Je n'étais pas préparée à ça. C'était trop dur de le porter à bout de bras toute seule. Mais aujourd'hui, je n'ai pas peur. Aujourd'hui, je contrôle. C'est où je veux, quand je veux, comme je veux.

Mon bain est tiède, je sors et m'enveloppe dans une grande serviette. Je m'inspecte devant la glace. Grâce à la buée sur le miroir je me dis que ne suis pas si laide, juste un peu maigre, il faut que je me tienne plus droite. Dans le noir, je peux donner le change, faire illusion. Je me coiffe comme Lulu me l'a appris. Je me tartine le corps de crème parfumée pour avoir la peau douce, puis je m'habille.

Je découvre un sms affolé de Laura : « Tout va bien ? Où es-tu ? Dis-moi si je dois annuler pour ce soir ? »

Je m'empresse de la rassurer. « Tout va bien, merci. Je prends ma journée. C'est toujours OK pour ce soir. »

J'apprécie que Laura s'abstienne de tout commentaire. Elle a compris qu'il ne fallait surtout pas m'effaroucher avec des smileys ou des émoticônes hystériques. Je quitte l'appartement sereine, j'ai quelques heures pour trouver la tenue idéale. Je prends la direction de l'unique boutique de mode qui m'inspire confiance.

À son sourire, je vois qu'elle m'a reconnue. Malgré les quelques clientes présentes dans sa boutique, elle se dirige vers moi, pour m'accueillir. J'envie ses dents blanches et délicates comme des dragées. Instinctivement je cache les miennes trop grandes et chaotiques.

— Vous allez bien ?

— Oui, merci.

— Je peux vous aider ?

— Oui, je me demandais ce que vous aviez comme robe ou comme jupe.

— J'ai une très jolie robe, qui vous irait très bien !

J'adore cette femme. À une certaine époque elle m'aurait intimidée, avec son élégance naturelle et sa silhouette impeccable. Mais aujourd'hui elle est mon alliée. Elle me montre une jolie robe noire faussement classique.

— Ah oui, c'est joli ça. Mais c'est un peu court, non ?

— Non, pourquoi ? Vous avez les jambes fines, il faut les montrer.

Pourquoi ne l'ai-je pas connue avant ? Avec elle, je me sens en confiance.

— Bon, j'essaie alors.

Quelques minutes plus tard, la robe m'apparaît comme beaucoup moins jolie, et surtout trop courte.

— Alors ? Elle vous va bien, hein !

— Bof. Je ne me sens pas à l'aise, elle est vraiment trop courte.

— Justement, c'est ça qui est joli !

— Oui, mais je ne mets jamais de jupe et c'est un peu raide pour une première fois.

— Alors sinon, j'ai une robe en tweed, plus classique mais très bien coupée.

— Oui, je veux bien la voir.

La robe est parfaite. Chaude et douce. Près du corps avec des manches qui arrivent aux poignets, elle a ce petit côté Jackie Kennedy. Sans culotte j'aurai l'air d'une parfaite *working bitch*. Je suis satisfaite.

— Vous avez vu nos sacs ? Ils viennent d'arriver, ils sont superbes !

Sans doute a-t-elle remarqué le mien. Un cadeau de maman pour mes quarante ans. Pas très rock'n'roll, c'est le moins qu'on puisse dire.

— Oui, bonne idée !

À trois cent trente-cinq euros le sac, je pense que cette femme m'aime autant que je l'aime. Je rentre confiante en me disant que c'est possible, je peux le faire. Tout est question de mental et de culot ! Et puis, j'avoue, ça me titille de raconter à mon psy comment je suis allée à un rendez-vous arrangé sans culotte. La vie est courte, dit-on, en ce qui me concerne cet adage n'a jamais été aussi vrai.

H-1. Je suis là, à attendre assise dans mon salon, immobile avec ma nouvelle robe sur le dos. Pomponnée, parfumée, maquillée. En plein dilemme. Culotte ou pas culotte ? Je l'enlève et m'inspecte devant la glace. C'est indétectable. Dans un sens je suis rassurée. Quand soudain un bruit rauque me fait sursauter. Je bondis comme un lapin cardiaque. Ce n'est pas le moment de faire un infarctus. C'est quoi ce bruit ? Je réalise alors qu'il s'agit de l'interphone. Qui cela peut-il être ? Personne ne sonne jamais à l'improviste. Personne ne vient jamais à l'improviste. Personne ne vient jamais tout court. J'attends, tétanisée, dans le silence des battements de mon cœur qui se déchaînent dans ma poitrine. L'interphone crache à nouveau sa sonnerie lugubre. Paniquée, je m'avance près de la porte. J'écoute les bruits de l'immeuble, comme si je pouvais deviner ce qui se passe quelques étages plus bas, dans le hall d'entrée, par ma simple volonté de concentration. Et si c'était Éric Lejeune ? Et si Laura lui avait donné mon adresse ? Et si cet homme en rut s'était précipité chez moi, pour me sauter dessus ? Je décide d'en avoir le cœur net tout en me promettant de passer un savon à Laura.

— Oui ?

Avec ma voix mal assurée je me donne l'impression d'être la grand-mère du Petit Chaperon rouge.

— Sylvie ? C'est moi.

— Qui ça moi ?

J'ai la voix qui tremblote.

— C'est moi, Laura ! Je voulais juste m'assurer que tout allait bien.

Laura ! Laura, Laura, Laura ! Laura est venue jusque chez moi. Elle est là, en bas, dans mon hall d'immeuble. Je savais que la mettre dans la confidence était une mauvaise idée. Il n'est pas question qu'elle monte. Il n'est pas question qu'elle passe le pas de ma porte. Laura est mon assistante, elle ne peut pas, elle ne doit pas voir mon chez-moi. L'imaginer dans mon salon me met mal à l'aise, comme une intrusion. J'aurais l'impression d'être sans défense dans ma robe toute neuve et les fesses à l'air. Je ne veux pas qu'elle voie mon appartement vieillot de célibataire inapte à la déco. Ma solitude. L'absence flagrante de photos d'amis, de souvenirs de fêtes ou de voyages. Il n'y a rien à voir à part les photos sans vie de mes parents morts.

— Oui, tout va bien, Laura, je suis toute nue là, je sors de la douche, tout va bien, merci d'être passée !

— OK ! Si tu veux, je peux monter.

— Non ! Surtout pas ! Pas la peine ! Rentre chez toi, on se voit demain !

Je la sens hésitante ou déçue.

— OK… je pars alors ?

— Oui, merci Laura !

Je n'en reviens pas qu'elle soit venue jusqu'ici. Avec sa sollicitude elle m'a fichu la trouille de ma vie. Je décide de me prendre un remontant (que j'aurais pris de toute façon). Je m'enfile un, puis deux, puis deux godets et demi de vodka cul sec. J'ai la gorge en feu, les poumons qui s'embrasent, mais ça fait du bien. Je sens le courage qui revient au galop sur son chariot de feu. Je devrais me mettre à boire, tiens. D'ici Noël, aucun risque devenir alcoolique. Et quand bien même !

Il est presque dix-neuf heures quand je sors du métro Bastille. Moi qui ne me parfume jamais ou presque, j'ai l'impression de cocoter à cent mètres. Encore de l'argent jeté par les fenêtres, mais avec Guerlain je ne crois pas m'être trompée. Je frissonne sous mon manteau neuf. Je dois être la seule à me balader jambes nues. Dans le métro je n'ai pas osé m'asseoir, je sais c'est bête, mais j'avais trop peur d'attirer un pervers en croisant ou décroisant les jambes. Depuis que j'ai quitté la maison je ne cesse de me dire que je commets une folie. Surtout quand je pense à l'initiative malheureuse de Laura. Heureusement la vodka me donne des ailes. C'est sans aucun doute la chose la plus dingue que j'aie jamais faite. Mais se promener en robe et sans culotte est plus amusant que je ne pensais. J'ai l'impression de tromper le monde en toute impunité. Je me rassure en me disant qu'il y a de fortes chances que je rentre seule à la maison, sans qu'Éric apprenne le psychodrame qui s'est joué au niveau de mon bas-ventre ce soir. Un instant j'ai envisagé de prendre une culotte de secours dans mon sac, mais la peur de me faire prendre ou voler par un pickpocket a été la plus forte. Je me voyais mal crier dans un wagon bondé :

— Au secours ! Arrêtez-le, il a volé ma culotte !

Je frissonne d'appréhension. Je redoute plus que tout de lire la déception sur son visage. Pour me rassurer j'ai bachoté en répertoriant tous les livres que j'ai lus, tous les films que j'ai vus, histoire d'alimenter une quelconque conversation pseudo-culturelle. Comme si sa motivation première était de connaître mes impressions sur le dernier roman de Tatiana de Rosnay, Delphine de Vigan, ou le dernier drame de Jacques Audiard. Mais réviser m'a toujours rassurée. J'arrive devant le bar. Il y a plus de monde que la veille. Un courant d'air chaud me caresse agréablement les jambes. Je scrute l'intérieur à la recherche d'un chauve barbu. Des chauves, il y en a. Ça grouille de barbus. Où es-tu Éric Lejeune ? Je suis tentée un instant de faire demi-tour. Mais une main me tapote l'épaule.

— Sylvie ?

Je me tourne et découvre Éric. Ça me fait tout drôle de le voir en « vrai ». Il est conforme à sa photo, chauve, barbu, légèrement plus mince que je ne l'imaginais. Il porte un jean, une chemise blanche et une veste noire. Élégant et décontracté. J'apprécie l'effort. Il me fait tout de suite la bise.

— Ah bonsoir Éric, tu m'as reconnue ?

Au passage je sens son parfum, léger, agréable. Contrairement à moi, il a la peau légèrement bronzée. Je me sens immédiatement blafarde et moche. J'ai une montée de stress tout en me félicitant d'avoir pensé à mettre du déodorant anti-transpirant. J'ai toujours été hyper prévoyante. c'est mon côté juriste.

— Oui, Laura m'avait donné une description. Qu'est-ce que tu bois ?

— Heu… je ne sais pas. Comme toi ?

— J'allais prendre un verre de pinot noir ?

— Très bien, je te suis !

On se regarde quelques secondes sans rien dire. Un véritable supplice. La musique et le brouhaha meublent pour nous. Je dodeline bêtement de la tête en rythme pour faire « genre », tout en sachant que ça ne le fait pas.

— Tu as trouvé facilement ?

— Oui, je connaissais déjà ce bar !

Le serveur apporte nos verres. On trinque et j'avale immédiatement une grande gorgée.

— Ils ont des assiettes de charcuterie à grignoter si tu as faim un peu plus tard.

— Oui, je sais !

Je note au passage qu'il n'a pas l'intention de prendre les jambes à son cou, je me détends un peu.

— Donc, tu es une amie de Laura ?

— En fait c'est mon assistante. Comme tu peux le voir, on n'a pas exactement le même âge. Et toi, tu la connais d'où ?

— On a des amis en commun. Moi aussi je suis plus âgé, j'ai passé le cap fatidique des quarante ans !

J'ai presque fini mon verre. Il va me prendre pour une soiffarde.

— Tu reprends la même chose ?

— Je ne sais pas, et toi ?

— Je n'ai pas encore fini celui-ci, mais pourquoi pas ?

Il fait signe au serveur. On sent l'habitué. Combien de femmes a-t-il retrouvées ici ? Combien de jolies blondes ? De rousses coquines ? Combien n'avaient pas de culotte ?

— Faut pas que je boive trop non plus, je suis en scooter.

— Ah oui, moi ça va, je suis venue en métro.

— Tu habites loin ?

— Non, je suis du côté de Voltaire. J'aime beaucoup ce quartier.

— Oui, avant nos bureaux étaient dans le coin, mais on a déménagé.

Conversation plate et sans aucun intérêt, comme moi. Mais il faut bien commencer par quelque chose.

— Tu fais quoi, en fait ?

— Je suis commercial pour une petite maison d'édition spécialisée dans les guides pratiques. Et toi ?

— Moi ? Moi je n'ai pas de culotte !

— Pardon ?

Mon Dieu, c'est moi qui ai dit ça ? Je suis paralysée. J'ai bu trop vite mon verre de vin, sans compter les godets de vodka avalés à la va-vite à la maison pour me donner du courage. On dirait que je n'ai pas retenu la leçon avec Cyndie. Il a entendu. Je sais qu'il a entendu.

— J'ai dit, je n'ai pas de culotte.

Je l'ai répété en me rapprochant, pour n'être entendue que de lui. Je sens son cœur qui bat sous sa chemise, je sens son souffle chaud dans mon cou. Je mouille comme une ado. Sans me regarder il m'embrasse dans le cou. Je frémis de plaisir. D'une main follement virile, il m'enlace. Comme dans les films, il jette un billet sur le comptoir, m'aide à prendre mes affaires et me conduit vers la sortie. Dehors, devant la vitrine du bar, il m'embrasse sauvagement. Dans ma tête c'est *9 semaines 1/2*, mais pour les passants, c'est juste un petit chauve qui embrasse une brune maigrichonne et voûtée. Je me liquéfie de plaisir. Je me colle tout contre lui. Je sens son entrejambe qui durcit à mon contact. J'ai le souffle coupé.

— Tu n'habites pas loin, tu disais ?

— Heu non, pas très.

— On peut aller chez toi ?

— Oui.

— Je suis en scooter, mais j'ai un casque pour toi.

Il m'embrasse à nouveau. J'ai chaud, j'ai froid, je frissonne. J'attache fébrilement mon casque, qui me serre trop la tête. Maudits cheveux. Je dois ressembler à un hamster, mais j'ai l'impression d'avoir vingt ans. Non, quatorze. C'est la première fois que je rentre en deux-roues chez moi.

Je monte sur le scooter en m'accrochant maladroitement à lui. Surtout ne pas tomber. Surtout ne pas montrer que c'est une première fois. Heureusement il fait nuit, personne ne voit sous ma jupe. Je me serre contre lui. Je suis heureuse. Je n'ai jamais rien vécu d'aussi romantique. Le *Titanic* à côté, c'est la pêche à la sardine.

— Ça va ? Pas trop froid ?

Je suis gelée, je grelotte, j'ai la chair de poule mais je m'en fiche. Je n'arrête pas de penser à la suite. Je me retiens de l'embrasser à travers son manteau. Dans l'ascenseur étroit j'évite le miroir, je ne veux pas me voir, je veux m'oublier. Collée à lui, je le caresse à travers son jean. J'ai l'impression qu'il va exploser. Sur le palier il passe ses mains sous ma jupe, comme pour vérifier. J'ai les fesses froides, mais je brûle de l'intérieur. Une fois dans l'appartement je l'entraîne dans la chambre sans allumer les lumières. Depuis le bar on ne s'est pratiquement pas adressé la parole, pourtant on se jette l'un sur l'autre comme deux aimants. On se déshabille à la va-vite sous la lumière jaune des lampadaires extérieurs. Deux pantins qui gesticulent dans la pénombre. Cette même pénombre qui me protège de mes complexes et de son regard. Sous ses caresses je suis une zombie assoiffée de chair fraîche, je brûle de désir, je suis électrique. Je me frotte au plus près de son corps chaud, à son contact je reçois des étincelles de plaisir. C'est si bon de se sentir vivante. J'ai besoin de sentir sa peau tout contre la mienne, elle est douce, ses poils me chatouillent, son corps est chaud, noueux, musclé, vive la randonnée. Je sens son sexe dur contre moi. Je le regarde qui se tient bien droit, qui me salue au garde-à-vous. Il est beau comme un sapin de Noël. Il suinte légèrement et frétille à mon contact. Éric gémit tout doucement. J'aime son sexe, il est beau et doux. On dirait un petit animal apprivoisé. Je pense au renard et au petit prince. J'ai envie de le rassurer, de le toucher, le caresser, l'embrasser, l'avaler, l'absorber, le gober. J'approche tout doucement ma bouche. Je suis hypnotisée par ce sexe. Il m'a tellement manqué. Sans réfléchir, je le caresse avec ma joue, avec ma bouche puis tout mon visage. Éric gémit de plus en plus fort. Mais je ne pense qu'à son sexe, je ne vois que lui. Je le lèche tout doucement, je l'embrasse, je le goûte. Il a un goût de pop-corn salé. Et je me jette dessus comme une affamée, emportée par les sens, je ne suis plus moi-même. Je veux que son sexe remplisse ma bouche. Seul ce sexe compte à mes yeux. Et voilà que je m'entends gémir. Je m'abandonne enfin à l'état sauvage. Éric s'est mis la tête sous l'oreiller, je l'entends haleter en agitant sa tête à travers les plumes d'oie. Surprise, je découvre qu'une fine pellicule de sueur s'est déposée comme la rosée sur mon corps. Je fais l'amour comme si c'était la première et la dernière fois. Une vraie chaudasse.

— Viens, je murmure, n'y pouvant plus. Viens.

Éric émerge du coussin, il vient sur moi, lève mes jambes, m'emboîte et me pénètre. Enfin ! Je suis pleine de lui, je ne suis plus seule. Quand il a joui, il s'est allongé à côté de moi et a installé d'un geste tendre ma tête sur son torse. Et les larmes ont commencé à couler en silence sur ma joue. Comme un robinet qui fuit. Un goutte-à-goutte incessant. Au bout d'un moment, j'ai reniflé car ça me chatouillait trop le nez.

— Ça ne va pas ? s'est inquiété Éric en tournant son visage vers moi.

— Si. Excuse-moi. Je suis un peu émotive.

— Je comprends. C'était super, tu sais.

J'explose en sanglots. Tout est sorti, je ne peux plus m'arrêter. Éric me regarde très embêté, ne sachant que faire. Puis il me serre un peu plus fort dans ses bras. Le barrage a cédé sous les failles émotionnelles. Je le noie sous mes grandes eaux.

— Excuse-moi, je réussis à articuler, je ne sais pas ce que j'ai.

J'ai parfaitement conscience de plomber l'ambiance plutôt réussie jusqu'ici. Et ça ne fait qu'accroître mon désarroi et mes larmes.

Le pauvre Éric me tapote le dos en ne cessant de me répéter que ce n'est rien. Ce qui dit bien combien ça ne l'est pas. Il me dit à quel point c'était « vraiment super ». Et plus il cherche à me consoler, plus je pleure. Je crois que c'est lui qui s'est endormi en premier.

Avant de sombrer moi aussi, j'ai pensé à papa.

Tiens-toi bien. Reste tranquille. Arrête de bouger. Retire ton coude de la table. Arrête de t'agiter. Arrête de gigoter. Arrête de courir. Arrête de sauter. Fais moins de bruit. Ne te donne pas en spectacle. Ne fais pas l'imbécile. Sois sage. Ne ris pas comme une idiote. Ne fais pas la grimace. Arrête. Tais-toi. Va dans ta chambre. Tu mangeras quand je te le dirai.

Les seuls mots d'amour qu'il m'ait jamais dits. Autant de petits cadenas qui ont verrouillé mon enfance. Mais ce soir, papa, je n'ai pas été sage ni tranquille. Je me suis bien agitée et j'ai même fait du bruit. Ce soir, j'étais affamée et j'ai mangé un homme. Je l'ai fait parce que j'en avais envie. J'ai le droit. Désormais, je fais ce que je veux.

Le lendemain Éric avait laissé un petit mot. Il me remercie pour cette bonne soirée, il espère que je me sens mieux et m'appelle bientôt.

Oui, mais quand ? Je n'ai même pas eu le temps de lui donner mon numéro. Et je ne suis pas sur Facebook. Va-t-il passer par Laura ?

Surprise, je sens quelque chose couler entre mes cuisses. Du sperme. Dans la précipitation on a zappé l'étape du préservatif. Je ne lui en veux pas, bien au contraire. Et puis ça n'est pas comme si je risquais de tomber enceinte ou d'attraper une MST. Je serai morte avant. Je n'ai pas envie de me laver tout de suite, je garde en moi les traces de son passage. Je n'ai pas rêvé, un homme m'a pénétrée. J'ai fait l'amour. En semaine en plus.

— T'as fait quoi hier ?

— J'ai fait l'amour.

Je me repasse le film pour le plaisir. Mon départ de l'appartement, mon arrivée dans le bar déjà bondé, la façon dont il m'a tapoté l'épaule. Ma première phrase ridicule. « Ah tu m'as reconnue ? » À ton avis, imbécile ? Et puis ce premier verre de pinot noir, bu trop vite, qui a fini de me tourner la tête. Et la gaffe du siècle : « Je n'ai pas de culotte. » Je n'ai jamais su tenir ma langue. C'était quitte ou double. Il aurait pu faire comme s'il n'avait pas entendu ou mal compris. Il aurait pu prétexter un appel urgent ou une voiture à déplacer. Non. Il m'a embrassée dans le cou. Comme une ado, je renifle son oreiller. Je sens son odeur. Je n'ai pas rêvé, un homme était là hier soir. Je dis « son » comme si c'était le sien. Comme s'il allait revenir. J'essaie de retrouver cette sensation de plénitude quand il était en moi. J'étais heureuse, comblée et l'instant d'après bouleversée, en larmes. Une vraie pleurnicharde. Je me suis un peu laissée aller. Pourtant c'était parfait. Trop de pression sans doute. Comme une patineuse qui exécute à la perfection un triple axel et qui se rate à la réception. Je me suis viandée en beauté. Je n'aurai pas la médaille d'or, je n'aurai pas de deuxième rendez-vous.

C'est mort, comme moi.

J'envoie un sms à Laura pour lui dire que je serai absente encore ce matin, que j'arriverai après le déjeuner. Je l'imagine déjà me guettant à la sortie de l'ascenseur, ivre d'impatience, se jetant sur moi comme une hyène sur une carcasse. Je n'ai pas le courage de l'affronter. Surtout après le mauvais sketch d'hier soir à l'interphone. La dernière chose dont j'ai envie c'est faire des confidences d'ordre sexuel à Laura. « Tu avais trop raison pour la culotte, je l'ai chauffé à mort, il bandait comme un âne, on a baisé toute la nuit, c'est à peine si je peux marcher ce matin. » J'imagine que c'est ce qui doit se dire entre « copines ». Mais Laura n'est pas ma copine, elle est mon assistante. Et même s'il est indéniable que, sans elle, il n'y aurait jamais eu de rendez-vous, jamais d'Éric, je ne lui dois aucune confidence. J'emporterai ces souvenirs, ces images, ces étreintes, ces soupirs, ces souffles chauds dans ma tombe. J'aimerais pouvoir passer ma journée au lit, vautrée dans l'odeur d'Éric, mais ce n'est pas une bonne idée. Il faut que je me ressaisisse. Ces dernières heures ont été mouvementées et j'ai besoin de me retrouver. Éric ne rappellera sans doute pas et ce n'est pas grave. Il m'a offert ce que je voulais. Une dernière nuit d'amour, comme un chant du cygne. Pendant quelques heures mon corps a ressuscité. J'ai entraperçu ce qu'aurait pu être ma vie, dans une autre vie. Je m'autorise juste à ne pas changer les draps, puis je file sous la douche.

J'arrive au bureau calme et sereine. En sortant de l'ascenseur, comme prévu, Laura me jette un regard.

— Bonjour, Sylvie, ça va mieux ?

Je ne décèle aucun caractère tendancieux dans sa question, je suis zen.

— Oui, merci.

— Laurent voulait te voir pour le dossier Bisson, je lui ai dit tu étais souffrante, je le préviens de ton retour ?

— Merci, je le ferai moi-même.

Et je ferme la porte de mon bureau. Et parce que je suis particulièrement en forme, je pousse le vice jusqu'à lui demander de m'apporter un café. Ce qu'elle s'empresse de faire, bien sûr.

— Tiens, attention il est chaud !

— Merci, Laura.

— De rien.

Elle semble attendre autre chose. Un petit sourire, une connivence, une info, une anecdote, un détail croustillant, un ragot à se mettre sous la dent. Je suis une ingrate.

— Merci aussi pour le rendez-vous avec Éric Lejeune, il est très sympa, j'ai passé une très bonne soirée.

— Super ! Hé ! Hé ! Et ?

Je ne me reconnais pas. Je la regarde droit dans les yeux, sans aucune gêne ni une once de timidité, souriante sans être engageante.

— Et je vais bosser maintenant.

Laura comprend qu'elle n'en saura pas plus. Il n'y aura pas de pochette-surprise à déballer. Belle joueuse, elle repart sans montrer son immense frustration. Et je me plonge sans état d'âme dans le dossier Bisson, j'ai du pain sur la planche si je veux tout boucler avant Noël.

— Bonsoir, Franck.

Je lui tends une main franche, le regard bien droit, comme mon dos. Je suis une autre.

— Bonsoir, Sylvie, comment allez-vous cette semaine ?

— Très bien !

Franck prend le temps de me regarder. Lui aussi va me dire que j'ai changé. Parce que j'ai changé. D'ailleurs il ne me fait plus aucun effet. Il peut se passer la main autant de fois qu'il veut dans les cheveux, ça ne me fera rien. J'ai eu ma dose de testostérone. Et puis il n'est pas si séduisant que ça. Et sa déco africaine est trop convenue.

— Racontez-moi ça.

— Je me sens bien. Il s'est passé beaucoup de choses sur le plan physique et émotionnel et, ce n'est pas très joli ce que je vais dire, mais je me sens comme « vidangée ».

— D'accord.

Il hoche doucement la tête en attendant la suite.

— J'ai fait l'amour avec un homme. C'était sauvage et bon.

Je crois déceler une certaine surprise dans son regard. Une mimique fugace. À moins que ce ne soit moi la plus étonnée par les derniers événements de ma vie.

— Ça s'est fini dans les larmes, pour moi. Mais paradoxalement c'était bien. Je ne sais pas comment dire. Je suis apaisée, sereine, en paix. Je crois que je suis prête.

— D'accord. Vous dites que ça s'est fini dans les larmes, pourquoi ?

— C'était tellement intense, tellement fort. On ne se connaissait pas et pourtant c'était très intime. Et puis, juste après, j'ai senti comme une grande vague de tristesse, elle a déferlé sans que je puisse rien y faire. Sur le moment j'étais catastrophée mais je me suis rendu compte que ça m'avait fait un bien fou. Elle a tout emporté sur son passage. Je n'ai plus de tristesse ni de regrets en moi. Je suis prête. J'ai même envie d'avancer la date.

— Pourquoi cette précipitation ? Il vous reste encore un mois, vous n'avez pas envie de revoir cet homme ?

— Non. Je m'en fiche. Ça ne pourrait être que moins bien. Là il y avait de la magie et de l'imprévu.

— Qui vous dit que vous n'allez pas vivre d'autres grands moments d'ici Noël ? Ou même après ?

— Je ne sais pas, mais cette fois, ça ne m'intéresse pas. Je me sens bien, vraiment bien.

— Alors pourquoi vouloir mourir, Sylvie ?

— Parce que c'est le bon moment.

— On en reparle la prochaine fois ?

À mon tour je le regarde et je le sens nerveux. Je l'ai pris de court. Il a l'air moins sûr de lui. Il a peur. Peur pour moi ? Ou peur pour lui ? Jusqu'alors je n'avais jamais réfléchi à l'impact de ma propre mort sur son travail. J'imagine que ça la fout un peu mal. Ce serait comme un échec. Mais il s'imaginait quoi ? Qu'il allait me ramener à la vie avec ses statues vaudoues ? Qu'il allait me sauver, malgré moi ? En quoi est-ce si dérangeant de choisir sa propre mort ? On va tous mourir. On finit tous dans la même boîte. Et s'éteindre en son âme et conscience n'est pas moins absurde que de passer sous un bus. Ou de s'effondrer dans la rue un sac de commissions à la main. En quoi ma mort serait-elle un échec pour lui ? C'est la mienne.

— Vous me demandez un délai ?

— En quelque sorte, oui.

— OK, j'imagine que je ne suis pas à une semaine près. Et puis je n'ai pas encore bouclé tous mes dossiers.

— Alors à la semaine prochaine, Sylvie ?

Cette fois c'est moi qui lui ai sauvé la mise. Il est tellement soulagé qu'il en oublie de me donner un exercice. Il vous reste sept jours à vivre, que faites-vous ? Là tout de suite, je rentre me coucher.

Sur le quai, j'attends le métro en frissonnant. J'aurais pu rentrer à pied, mais la pluie m'en a dissuadée. À l'humidité j'ai préféré l'air confiné du métro. En bout de quai une forme est allongée par terre. Tout cela ne va pas me manquer. Autour de moi je ne vois que délabrement et solitude. Je regarde ce corps allongé à même le sol. Comment en arrive-t-on là ? Comment passe-t-on d'être humain à détritus ? Le métro s'approche mais quelque chose dans cette silhouette m'attire, m'aimante. Son immobilisme peut-être. Un tas de chiffons en souffrance. Je m'approche. L'odeur infecte me prend immédiatement au nez, j'hésite à continuer. Comme une barrière olfactive entre ce corps et le reste du monde. Je vois à sa petite taille que c'est une femme et qu'elle n'a pas l'air au mieux. Je prends sur moi et me rapproche. Mes pas résonnent malgré eux sur l'asphalte. Son visage crasseux est marqué, mais impossible de lui donner un âge, des cheveux grisonnants s'échappent d'une espèce de cagoule. Un passe-montagne peut-être ? Elle pourrait avoir quarante ans comme soixante. On devine plus qu'on ne voit son corps frêle sous une couche épaisse de vêtements informes crasseux et puants. Je devine qu'elle a senti ma présence. Ses yeux sont fermés mais elle affiche un rictus, comme un masque de souffrance. J'ai l'impression d'approcher un animal sauvage blessé. Je ne suis pas complètement rassurée.

— Madame ? Ça ne va pas, madame ?

Elle cligne des yeux.

Je m'accroupis à ses côtés. L'odeur de pisse est insoutenable, je suis prise de haut-le-cœur, je cherche refuge dans mon écharpe en cachemire en espérant qu'elle ne remarque pas mon manque de tact. Mais la délicatesse est le cadet de ses soucis. Elle gémit tout doucement comme un chien qui souffre. Elle tend légèrement sa main vers moi. Je la saisis par réflexe. Elle m'accroche avec une force surprenante, comme des serres sur un agneau.

— Vous voulez que j'appelle les pompiers ou le 115 ? Vous ne vous sentez pas bien ? Vous avez mal quelque part ?

Elle ne répond pas et serre un peu plus sa main sale et noueuse sur la mienne. J'ai envie de m'échapper mais je suis prise au piège. Son contact me dégoûte, j'ai la nausée mais je n'ose pas retirer ma main. Je me retiens de vomir. Son odeur infecte, acide m'attaque les yeux et la peau. Dans les rames, les gens entrent et sortent sans nous prêter attention. De ma main libre j'appelle mes amis les pompiers. Puis, comme je sens que ça va être long et que je ne sais pas quoi faire, je me mets à chantonner. Je chantonne dans l'espoir idiot qu'elle s'endorme et me libère. Mais sa main rêche continue de me broyer les phalanges, comme si ses dernières forces étaient entièrement concentrées dans cette main. Je chante pour l'enfant qu'elle a été et pour celui que je n'ai jamais eu. Petit à petit ses traits se décrispent. Quand enfin une voix me répond à l'autre bout du fil.

— Oui bonjour, il y a une femme inconsciente sur le quai au métro Parmentier.

— Est-ce qu'elle respire ?

— Elle a l'air, elle est allongée sur le côté, elle me serre la main, je ne peux pas trop m'en libérer. C'est une femme qui vit dans la rue. Elle n'a pas l'air dans son assiette.

L'expression est bien mal choisie compte tenu de la situation dramatique de cette femme. L'émotion me prend à la gorge.

— Il faut la tenir éveillée, on vous envoie une équipe.

— Je fais ce que je peux, mais je crois qu'elle s'est endormie, pardon, mais c'est difficile de la toucher. Elle sent vraiment très fort.

J'attends, un peu honteuse de ne pas en faire plus pour cette femme. Je regarde ma main blanche dans la sienne et je regrette de ne pas porter de gants. Impossible de la retirer. Et pourtant je n'ai qu'une envie, la plonger dans un bain désinfectant.

— Madame ? Vous m'entendez ? Ils arrivent, les pompiers ne vont pas tarder, on va s'occuper de vous, tout va bien.

Non, tout ne va pas bien, mais je ne sais pas quoi dire d'autre alors dans le doute je préfère me montrer rassurante.

Quand je vois enfin deux pompiers lourdement équipés débarquer sur le quai, je leur fais signe, même s'il serait difficile de nous rater.

Deux grands gaillards, un brun et un métis, qui respirent la santé et le savon et que j'accueille avec soulagement.

— Bonsoir, elle me tient la main depuis au moins dix minutes et je n'ose pas la lâcher.

L'un des pompiers, le brun, s'accroupit à mes côtés. Il me libère délicatement de son emprise. Je m'écarte, soulagée. Je reprends possession de ma main. Il tâte le pouls de la femme, puis se tourne vers son collègue et lui fait signe de la main que c'est fini.

— Y a plus rien à faire. Elle est morte.

— Pardon ?

J'ai l'impression de prendre un coup de massue.

— Je suis désolé, mais elle est morte, et ça date de plusieurs minutes. Il faut appeler le médecin pour les premières constatations.

— Mais comment ça elle est morte ? Elle me tenait la main. Elle a cligné des yeux, je lui ai parlé, je lui ai même chanté une chanson. Elle s'est détendue.

Ma voix étranglée par l'émotion est beaucoup trop aiguë. Les deux pompiers me regardent, embêtés. Si jeunes et si expérimentés. Ce n'est sans doute pas leur premier cadavre.

— Elle est sans doute morte à ce moment-là, murmure timidement le métis.

J'observe ma main. Cette main qui tenait la main d'une morte. J'ai le réflexe de me tourner vers les voies et je vomis. Je vomis mes tripes.

— Ça va, madame ? me demande le métis.

Je suis incapable de lui répondre. Les spasmes sont violents et des larmes me brouillent la vue. Il m'éloigne par prudence des voies en me tenant fermement.

— Ça va aller, madame, vous voulez qu'on appelle quelqu'un pour vous ?

Je hoche la tête tandis qu'il me tend un mouchoir. Son collègue me met mon téléphone dans les mains. Heureusement, je n'ai pas tant de contacts que ça.

Sans réfléchir j'appelle Franck.

— Allô ?

Je fonds en larmes.

— Elle est morte ! Elle est morte alors que je lui tenais la main !

— Sylvie ? C'est vous ? Que se passe-t-il ?

— Franck, je peux revenir ? Ça ne va pas du tout !

Et je tends mon téléphone au pompier métis derrière moi pour qu'il prenne le relais, car je ne suis plus en état d'articuler le moindre mot. Je l'entends expliquer la situation. Une femme SDF dans le métro, station Parmentier, morte par terre tandis que je lui tenais la main.

Entre-temps son collègue a recouvert le corps de la SDF. Elle est passée de détritus à dépouille entre deux métros.

Le pompier me rend mon portable, me donne mon sac et me fait asseoir avec beaucoup de délicatesse sur un des sièges jaunes, plus loin. J'ai envie de respirer un grand bol d'air frais.

— Votre ami a dit qu'il arrivait. Apparemment il est à côté. Ça va aller ?

Je hoche la tête, ma respiration se calme. Quelques badauds nous regardent mi-curieux, mi-pressés, en pianotant distraitement sur leurs téléphones.

L'autre pompier me tend une bouteille d'eau, achetée au distributeur, ainsi qu'un Mars. Je pense à la pub « Un Mars et ça repart ».

— Tenez, ça va vous faire du bien.

J'ai surtout envie d'un gros câlin. Mais j'accepte l'eau avec reconnaissance, j'ai un goût âcre dans la bouche et la gorge douloureuse. Les larmes n'arrêtent pas de couler. Quand enfin j'aperçois mon sauveur. Franck surgit presque en courant. Je suis troublée de le voir arriver vers moi comme un amoureux transi. Comme si sa vie en dépendait. Je ne lui connaissais pas ce caban bleu marine. Il lui va bien.

Franck m'attrape par les épaules

— Ça va, Sylvie ? Vous tenez le coup ?

Je me réfugie dans ses bras.

— Venez, on retourne au cabinet.

À son contact, je reprends des forces. Il m'entraîne tout doucement vers la sortie tout en saluant mes amis les pompiers.

— Merci, messieurs ! Et bon courage surtout !

Je me laisse conduire vers la sortie sans me retourner. J'accueille l'air frais et la pluie avec un grand soulagement. L'air de Paris ne m'a jamais paru aussi pur. Il fait nuit, mais la ville grouille toujours autant de piétons, de voitures, la vie pulse dans les rues, elle suit son cours, bruyante et indifférente à ses habitants.

À peine arrivée dans le cabinet, je me précipite aux toilettes pour me laver les mains. Sous l'eau chaude, je m'ébouillante presque pour tuer les microbes. Je m'y prends à plusieurs fois, je suis à deux doigts d'avoir une poussée d'urticaire, le rejet est épidermique. Franck m'apporte une serviette propre pour me sécher les mains.

Je m'affale sur le canapé en frissonnant. Il me couvre d'un plaid.

— Vous voulez que je monte le chauffage ? Je peux vous faire un thé ou café ?

— Non ça ira, merci. C'est la fatigue.

— C'est le choc.

Je me sens si mal, je tremble de partout. Moi qui claironnais il y a quelques heures ma zen attitude sur ce même canapé, je me sens bête. Franck ne dit rien, il est là, attentif, il se tient prêt, l'air grave, pour recueillir ma détresse.

— Je ne me suis pas rendu compte qu'elle était morte. Je ne sais pas pourquoi je suis allée vers elle. Ce n'est pas la première fois malheureusement que je vois un SDF par terre. À Paris, dans la rue ou le métro, ce ne sont pas les clochards qui manquent. Je ne sais pas pourquoi elle. Je me sentais si bien en sortant d'ici. C'est comme si j'avais senti son appel. Un sonar entre désespérées ? Elle tremblait, elle avait l'air de souffrir en silence, toute seule dans sa pisse, personne ne faisait attention à elle. Elle puait, c'était une infection, mais j'étais comme happée, je me suis quand même approchée. Quand elle m'a tendu la main, je n'ai pas réfléchi, j'ai trouvé normal de la saisir. Sur le moment, c'était le geste qui convenait. Comment refuser une main tendue ?

— Sylvie, c'est normal que vous soyez chamboulée, vous avez vu la mort dans ce qu'elle a de plus sordide. On vit dans une société où la mort est cachée, taboue, et là, cette pauvre femme est morte à vos pieds. Mais ce que vous avez fait ce soir est un geste d'une grande générosité. Vous avez offert à cette femme à la dérive un peu de chaleur, une présence, une mort plus humaine. Sans le vouloir vous l'avez accompagnée dans son dernier souffle, vous avez rendu son dernier voyage moins misérable. Peu de gens en sont capables.

J'entends mais je ne l'écoute pas vraiment.

J'ai vécu seule presque toute ma vie et je me rends compte ce soir que je ne veux pas mourir seule. Moi aussi je veux qu'on me tienne la main. Mourir seule sur un quai de métro ou au chaud dans sa baignoire, c'est pareil. C'est la même misère, la même solitude. Je ne veux pas de ça.

Je n'avais pas réalisé à quel point mon suicide était sinistre. J'ai cru qu'en le mettant en scène avec cette histoire de bain moussant parfumé, de joli maillot de bain, ce serait un moment agréable, presque chaleureux. Mais non.

Ce qui diffère vraiment entre cette femme et moi, c'est l'odeur.

Je ne sens pas la pisse, pourtant je pue la solitude à plein nez.

Franck me sourit en me prenant la main. La lui ai-je tendue sans m'en rendre compte ? Où est-ce lui qui a pris l'initiative ? La mort de cette femme a bouleversé tous nos codes.

— Sylvie, il ne tient qu'à vous de ne pas être seule. Vous n'avez rien à voir avec cette femme, mais vous l'avez aidée. C'est formidable ce que vous avez fait. Sans vous, elle serait morte dans l'indifférence totale, avec pour seule compagnie sa douleur et sa crasse. Vous êtes une femme bien, Sylvie. Vous savez, d'une certaine façon, je crois que vous êtes morte, Sylvie.

— Quoi ?

— Ce que je veux dire, c'est que lorsque vous êtes arrivée il y a quelques semaines de cela, vous étiez en grande souffrance psychique. Mais cette Sylvie-là n'existe plus. Je ne vois plus une femme en souffrance, mais une femme en devenir. Vous avez changé en profondeur et plus que vous ne croyez. On peut mourir symboliquement et vous en êtes la preuve vivante. La Sylvie que vous avez été pendant quarante-cinq ans n'existe plus. Vous êtes morte pour mieux renaître.

Mes larmes coulent en silence. Tout ce qu'il dit résonne en moi, pourtant je ne sais plus trop où j'en suis. Qui je suis. Une femme fatiguée. Je m'allonge sur le canapé. Je me rends compte que l'odeur de cette femme a imprégné mes vêtements, à moins que ce ne soit l'odeur de la mort qui me colle à la peau.

— Merci, Franck, je crois que je vais aller dormir un peu maintenant.

— Je vais vous appeler un taxi.

— Ne vous inquiétez pas, je ne vais pas squatter votre canapé, je repose juste un peu mes yeux.

Je vois le visage de cette femme abîmée sans âge et sans nom. Le saura-t-on un jour d'ailleurs ? Son calvaire est fini. Elle vivait dans la rue et elle est morte sur un quai de métro. Mais grâce à moi elle n'est pas morte comme un chien.

Ce soir j'ai l'impression d'avoir perdu un psy, mais gagné un ami.

Je me suis réveillée tout habillée dans mon lit. Je n'ai aucun souvenir de la façon dont j'y suis arrivée. C'est le trou noir, comme si j'émergeais d'un coma. Comme une petite mort. Un échantillon à tester avant l'heure fatale. La seule chose dont je me souvienne, c'est la voix chaleureuse et réconfortante de Franck. Est-ce lui qui m'a raccompagnée ? Oui, forcément. Je n'arrive pas à l'imaginer chez moi, dans ma chambre à coucher. Tout cela me paraît invraisemblable, incongru, presque irréel. Mais très vite le souvenir de la femme du métro me ramène à la réalité. Comment l'oublier ?

Comment oublier son odeur atroce ? Le réveil indique sept heures trente, ma parole je suis réglée comme un coucou. Je me redresse vivement dans le lit. Vite enlever mes vêtements, les laver ou, mieux, les jeter, qu'ils disparaissent, comme ces images sordides qui imprègnent mon cerveau. Je file sous la douche. Je dois me laver de toute cette crasse. Je me frotte vigoureusement au savon parfumé. Mais pas question pour autant de traîner, j'ai hâte d'arriver au bureau, hâte de voir des gens, de leur parler. Je suis vivante. « Dans la vie », dirait Franck. Je me surprends à sourire en pensant à lui.

Quand j'arrive au bureau, Laura est déjà en grande conversation avec Nelly et Corinne, ses collègues assistantes et compagnes de zumba. Nelly la fausse blonde, et Corinne l'éternelle boulotte au régime.

— Tu veux que je t'apporte un café ? me propose Laura.

— Non merci, je vais le boire avec vous, si vous le permettez.

Elles me regardent comme si j'avais tagué mon torse de revendications obscènes.

— Bien sûr, avec plaisir, rétorque immédiatement Laura.

— Oui, avec plaisir, se sent obligée d'ajouter Nelly.

Leur regard interloqué ne m'échappe pas. Comment leur en vouloir ? Depuis toutes ces années je ne leur ai pratiquement jamais fait la conversation. Enfermée la plupart du temps dans mon bureau, je me contentais de quelques apparitions dans les toilettes ou les couloirs. J'étais le fantôme du troisième étage.

— Il m'est arrivé un drôle de truc dans le métro hier soir.

— Ah ! tu t'es fait agresser ? demande Corinne, de façon un peu trop théâtrale.

— Non, mais il y avait une SDF…

Leur déception est perceptible.

— Tu parles d'un scoop ! me coupe Laura, y en a à tous les coins de rue !

— Oui, mais elle est morte dans mes bras.

— Quoi ? crient-elles en chœur.

— Enfin, pas exactement dans mes bras, mais je lui tenais la main, elle avait l'air de souffrir et en attendant les pompiers je lui ai chanté une chanson et elle est morte.

— Mais tu lui as chanté quoi comme chanson ? rigole Nelly.

J'ai envie de la gifler, de lui arracher ses mèches jaune poussin.

— Je ne sais pas, c'était pas vraiment une chanson, je chantonnais quoi. J'ai voulu l'apaiser.

— Mais c'est horrible ! s'exclame Corinne avec dégoût.

— Attends, une fois Jean-Marc a vu un homme se jeter sous le métro, je te dis pas l'horreur ! Il est arrivé avec presque deux heures de retard, il était furieux. Comme il m'a dit, il pouvait pas se suicider chez lui le mec ?

— J'espère pour toi que tu es à jour pour tes vaccins ! Tu aurais pu attraper le tétanos ou je sais pas quelle saloperie. On sait pas où ils traînent ces gens-là.

Corinne continue d'aggraver son cas. Là, tout de suite, je voudrais me vacciner contre sa connerie.

Laura me sonde.

— Et ça va ?

— Oui, oui, ça va. Heureusement j'ai un ami qui habite pas loin, mais ça m'a secouée, c'est sûr.

Nelly et Corinne me regardent. Sans doute attendent-elles une chute, un effet, un commentaire plus spectaculaire, mais je n'ai rien à ajouter. J'ai juste envie de leur balancer mon café au visage, comme une intégriste allergique à leur bêtise.

— Bon, sur ce je vous laisse, je vais travailler.

Et je me dirige vers mon bureau en me maudissant. Mais j'attendais quoi au juste ? Une médaille ? Une ode à ma générosité ? Une ola autour de la machine à café ? Non, mais sans doute un peu plus de compassion pour cette femme. Après les mots choisis et réconfortants de Franck hier soir, leur indifférence me fait l'effet d'une douche froide. À force de ne pas les fréquenter, j'avais oublié à quel point les gens peuvent être bêtes.

Deux minutes plus tard, Laura toque à mon bureau.

— Je peux rentrer ?

— Heu… oui.

— Ça va ?

— Oui, ça va, ce n'est pas moi qui suis morte !

— Je voulais te dire, Éric Lejeune me demande s'il peut te rappeler. Désolée de jouer encore les intermédiaires, mais apparemment il n'a pas ton numéro de téléphone, qu'est-ce que je lui dis ?

— Donne-moi plutôt le sien, c'est moi qui l'appellerai.

— OK, je te donne ça tout de suite.

— Merci. Tu peux fermer la porte.

Je vois bien qu'elle voudrait s'excuser de quelque chose, mais sans savoir vraiment de quoi. Je ne peux m'empêcher de me réjouir pour Éric. Il veut me revoir. J'ai droit à un rattrapage. Il a sans doute plus pensé à moi que moi à lui. Je ne sais pas encore quoi faire de cette information, tout cela est si nouveau pour moi, alors je la mets de côté.

Plus tard dans la matinée je reçois un sms de Franck. Il s'inquiète de savoir si je vais bien, si j'ai bien dormi, si je suis remise de ma forte émotion de la veille. Tous ces hommes qui s'inquiètent pour moi, ça m'émeut. J'existe bel et bien alors ? Je m'empresse de le rassurer :

« Merci Franck, oui tout va bien, merci d'avoir été là et merci de m'avoir raccompagnée, déjà au boulot ! » LOL ?

Non, surtout pas LOL. Le simple fait que je me pose la question montre à quel point je suis perturbée… Je ne sais plus quoi penser ni écrire. Ma soirée de la veille me semble irréelle, comme un mauvais rêve. Mais après réflexion, s'il y a bien une chose dont je suis sûre, c'est que je ne suis pas LOL. Ma vie n'est pas LOL et les derniers événements encore moins.

« J'ai un créneau ce soir ou demain pour une dernière séance… autour d'un verre ? Bonne journée. »

Je le lis et le relis. Non, je n'hallucine pas. Franck, mon psy, ou plutôt devrais-je dire maintenant mon ami, me propose d'aller boire un verre. Cela s'apparente-t-il à de la drague ?

Je le revois courir vers moi dans son caban bleu qui met si bien ses cheveux et ses yeux en valeur. Il était beau, concerné, inquiet pour moi. Et cette façon qu'il a eue de me protéger entre ses bras. Et plus tard sa main chaude dans la mienne. Et que s'est-il passé dans la chambre ensuite ? Ne t'emballe pas, Sylvie. Il est venu en courant parce que tu étais paniquée, en état de choc à trois cents mètres de son cabinet. Le pompier a dû noircir le tableau : « Vite, elle vomit ses tripes, elle va se jeter sur les voies. » Franck a dû croire qu'à peine sortie de notre séance je m'étais précipitée pour sauter sous un métro. Mais je note au passage qu'il a peur pour moi. Il pense à moi. Il veut me voir, s'assurer que je vais bien. Je suis dans ses pensées. J'existe dans sa tête. Je suscite de l'inquiétude, de la compassion. Je n'ai pas dit de la pitié. J'existe.

« OK pour ce soir. 19 heures ? »

« Parfait, 19 heures à mon cabinet, à ce soir. »

Après réflexion, Franck a les mains moites. Contrairement à Éric qui a les mains chaudes et douces. Bon, Éric n'a pas les cheveux poivre et sel, il n'a d'ailleurs pas de cheveux tout court, mais il a un scooter et nous sommes sexuellement compatibles. Je n'ai pas eu la chance d'apercevoir le sexe de Franck, mais j'aime beaucoup celui d'Éric. J'en ferais bien mon doudou. D'ailleurs je décide de l'appeler tout de suite. Je compose crânement le numéro que Laura s'est empressée de m'envoyer. À la première tonalité, mon cœur s'accélère, j'ai envie et en même temps peur qu'il décroche. Je ne sais même pas ce que je vais pouvoir lui dire. « Salut, tu vas bien depuis mes chutes du Niagara ? » Soulagée, je tombe sur son répondeur. Je souris en reconnaissant sa voix.

— Bonjour, vous êtes bien sûr le portable d'Éric Lejeune, je ne peux pas vous répondre pour l'instant, mais je ne manquerai pas de vous rappeler si vous me laissez vos coordonnées. Biiiip.

— Bonjour Éric, c'est Sylvie, Sylvie Chabert, heu… Laura m'a dit que tu cherchais à me joindre, voilà, j'ai préféré t'appeler. Mon numéro a dû s'afficher, à très bientôt !

Tout de suite, je me demande si Laura m'a écoutée derrière la porte. Ce n'est pas si souvent que je suis au téléphone, ma voix a dû résonner. Elle a dû bien rigoler en entendant mon message lamentable. J'ai voulu prendre un ton naturellement enjoué et, avec ma voix de fausset, c'est complètement raté. Je n'ai jamais aimé ma voix. Il faut dire que je n'ai jamais aimé grand-chose en moi. Je me revois chanter faux hier soir pour cette pauvre femme et je me dis que Corinne n'a pas complètement tort. Non seulement elle souffrait le martyre mais en plus je l'ai achevée avec mes fausses notes.

D'ailleurs, où est-elle maintenant ? J'ai oublié de demander où les pompiers allaient l'emmener. A-t-elle de la famille à prévenir ? Des enfants peut-être ? Où va-t-elle être enterrée ? Comment ai-je pu ne pas m'en inquiéter ? J'appelle immédiatement les pompiers, ils ont forcément gardé une trace de l'intervention d'hier soir. Je patiente tant bien que mal en attendant de tomber sur un opérateur. Je jette un œil distrait au dossier Bisson. Aucune envie de travailler, c'est bien la première fois que je me demande si j'ai envie ou non de le faire. Puis j'entends enfin une voix à l'autre bout du fil.

— Les pompiers, j'écoute ?

— Oui, bonjour monsieur, je vous appelle car j'ai besoin de savoir où vous avez emmené une femme hier soir. J'ai appelé les pompiers pour une intervention sur une femme SDF au métro Parmentier dans le onzième arrondissement.

— Il était quelle heure, madame ? On reçoit des milliers d'appels vous savez.

— Oui, j'imagine. Environ 19 h 45, elle est morte dans mes bras. Vos collègues ont constaté son décès quand ils sont arrivés, ils ont été très gentils, ils ont appelé un ami pour moi, mais je ne sais pas ce qu'ils ont fait de cette femme. Où est-elle enterrée ?

— Ne quittez pas.

Soudain j'ai envie de soulever des montagnes pour elle. Je ne la connaissais pas, pour être honnête je ne sais pas si je l'aurais remarquée dans d'autres circonstances, et pourtant je me sens intimement liée à elle. Je l'ai accompagnée aux portes de la mort et elle m'a raccompagnée à celles de la vie. Comme au deux cents mètres, on s'est passé le relais et pendant qu'elle se repose, je vais continuer à courir. Et vivre surtout.

— Allô, madame ?

— Oui ?

— Alors la personne a été transférée dans la chambre mortuaire de l'hôpital Saint-Louis.

— Je peux aller la voir ?

— Oui, il suffit de vous présenter sur place.

— Merci, monsieur,

— Bonne journée, madame !

Je le laisse retourner à ses urgences et décide de mon côté de laisser mes dossiers en plan pour me rendre à l'hôpital Saint-Louis. C'est à moi de m'occuper des obsèques de cette femme. C'est devenu ma spécialité ces derniers temps, autant qu'elle en profite. Je sors précipitamment du bureau.

— Laura, l'hôpital m'a appelée, je dois remplir des papiers pour les formalités, si on me demande tu dis que je suis chez le médecin, OK ?

Laura semble interloquée.

— Tu es malade ? s'inquiète-t-elle.

— Non, c'est à cause de la femme d'hier soir, je suis appelée comme témoin, faut que j'y aille.

— Ah bon ?

— Oui, bon, écoute, tu gardes cette histoire pour toi, tu ne dis rien à Nelly et Corinne, elles jacassent suffisamment comme ça.

Laura semble s'étonner de cette autorité soudaine. Moi aussi. Depuis quand j'ose ainsi donner mon avis ? Je pars, l'air plus affairé que jamais. Une fois dehors je décide de prendre un taxi, j'ai eu ma dose de métro. Ma vie prend un goût d'aventure inattendu, même si la morgue n'a rien d'une destination romanesque. Depuis papa, j'ai les hôpitaux en horreur, mais pour qui en va-t-il autrement ? Je me poste presque au beau milieu de la rue La Fayette dans l'espoir de trouver un taxi. À cette heure la circulation n'est pas complètement bouchée. Je manque de me faire écraser à plusieurs reprises, un coursier furieux m'affuble d'un lapidaire « connasse ! ». Mais je n'arrive pas à contrôler le sentiment d'urgence qui s'est emparé de moi. Je dois rejoindre cette femme à tout prix. Elle a tout le temps de m'attendre, mais elle a encore besoin de moi. Ou moi d'elle. Quand enfin un taxi daigne s'arrêter.

— Bonjour, monsieur, c'est pour aller à l'hôpital Saint-Louis !

— Vous avez failli y aller en ambulance, à l'hôpital, vous êtes au milieu de la route, vous voulez vous faire écraser ou quoi ?

— C'est pour une urgence !

— Oui, j'ai compris.

— Vous me déposerez côté morgue, s'il vous plaît.

Mon chauffeur me jette un regard curieux dans le rétroviseur. Il est étalé de toute sa masse sur son siège conducteur, de la chair molle déborde un peu sur les côtés. Je prends connaissance d'une odeur sournoise et fétide qui s'échappe de sa personne. Cet homme a sans aucun doute lui aussi les hôpitaux en horreur. Pourtant, étant donné sa corpulence hors norme, son obésité morbide devrais-je dire, une visite de contrôle chez le médecin ne serait pas du luxe. Il ne respire pas la santé, mais plutôt le cholestérol. On est fin novembre et il transpire dans un polo XXL.

— Ça vous dérange si j'ouvre un peu la fenêtre ? J'ai besoin d'air frais.

— Vous allez pas gerber dans mon taxi, hein ?

Qui a dit que les gros étaient jovials ?

— Non, ça va, j'ai juste besoin d'un peu d'air.

Les regards dans le rétroviseur sont devenus méfiants, comme si le simple fait d'ouvrir la vitre était une entorse grave à son règlement intérieur. Je pianote sur mon téléphone pour échapper à sa suspicion. Heureusement l'hôpital n'est plus très loin. Je prépare le montant de la course, pour ne pas avoir à subir plus que nécessaire cette proximité fétide. Depuis hier, mon odorat est mis à rude épreuve. À peine mon taxi s'est-il garé devant l'entrée que je m'échappe par la portière.

— Et pis condoléances hein ? me lance-t-il par la fenêtre.

— Merci, vous aussi !

J'entre dans le bâtiment. À l'accueil on m'indique d'un air compassé la chambre mortuaire, qui se trouve à l'étage inférieur, au sous-sol. Je ne sais pas encore ce que je suis venue chercher, j'ai juste besoin de me rapprocher d'elle, de ma SDF inconnue. Une femme en blouse blanche me cueille dès ma sortie de l'ascenseur. On ne doit pas être nombreux à lui rendre visite.

— Je peux vous aider ?

Quelle belle expression ! Surtout en ce lieu. Celle qui me propose si gentiment son aide a des yeux de cocker et des cheveux filasse qui me la rendent immédiatement sympathique. Son air las n'a rien de décourageant, bien au contraire.

— Oui, merci, je cherche quelqu'un, une femme qui est arrivée chez vous hier soir à la morgue, une SDF morte dans le métro.

— Vous la connaissez, vous êtes parente ?

— Non, mais j'étais là pour elle dans ces derniers instants.

Ma dernière phrase résonne de façon bien pompeuse, compte tenu des derniers instants en question.

— Oui, je vois de qui vous parlez. Elle est là, mais comme elle n'avait aucun papier sur elle, on ne sait pas qui elle est. Dommage que vous ne soyez pas parente, on aurait pu l'identifier.

Elle m'observe à travers ses lunettes et soudain je comprends mieux son air las. Cette femme en a gros sur la patate. Accueillir les morts, leurs familles, leur chagrin, leur douleur et parfois leur solitude, qui envahit tout.

— Je peux la voir ? J'aimerais me recueillir si c'est possible.

Ma demande semble lui faire plaisir.

— Suivez-moi.

Et nous voilà parties dans un long dédale de couloirs à l'éclairage tamisé, dans les entrailles de l'hôpital. Les encore vivants au-dessus et les morts déjà sous terre. Mes pas résonnent bruyamment tandis que ces Crocs crissent sur le lino immaculé. Puis elle me fait entrer dans une pièce, qui pourrait passer pour la chambre froide d'un grand restaurant, si on n'était pas dans un hôpital. Elle consulte des noms sur une fiche. Derrière ces portes sont entreposés des corps, de la viande froide.

— Il ne faudrait pas que je me trompe.

J'ose à peine respirer au milieu de tous ces morts. Combien sont-ils derrière ces portes ? Combien d'histoires se sont finies là ?

— Vous aurez peut-être du mal à la reconnaître, on lui a fait sa toilette, elle n'était pas en bon état quand on nous l'a amenée. Vous verrez, elle est méconnaissable. D'ailleurs, je ne sais pas ce que vous avez prévu de faire pour elle, mais on a dû brûler tous ses vêtements. Si personne ne lui en apporte de nouveaux, on devra l'enterrer dans une blouse fournie par l'hôpital.

Je regarde cette femme ouvrir l'armoire réfrigérée et en sortir un brancard en aluminium. J'aperçois un corps minuscule, comme rétréci sous un drap blanc. Débarrassée de ses couches de vêtements puants, ma SDF de la veille a enfin une apparence humaine. La belle sous la bête. Elle n'a plus rien de l'animal étrange qui gémissait doucement. Difficile de dire si aujourd'hui elle est en paix. Elle ressemble à une toute petite chose, toute menue, perdue sur ce brancard pourtant étroit. Son image s'imprime pour toujours sur ma rétine. Je ne suis pas près de l'oublier. Comme elle, je reste figée. Ma guide devine mon trouble.

— On a pratiqué une autopsie rapide pour découvrir les causes de la mort, elle avait un cancer généralisé, elle était bouffée par les métastases.

— Elle a dû beaucoup souffrir, je murmure, horrifiée.

— Je vous laisse vous recueillir, appelez-moi si vous avez besoin, je ne serai pas loin. Prenez votre temps.

Et elle repart en faisant crisser ses Crocs. Moi qui pensais que c'était juste des chaussures moches pour la plage.

Je regarde cette femme allongée devant moi. Elle m'intimide sans son masque de crasse. Ses yeux ouverts fixent le plafond dans le vide, comme une poupée géante. C'est étrange, ils étaient fermés la dernière fois que je l'ai vue. Quand elle était vivante ou plutôt mourante. Elle a les yeux clairs et les pommettes saillantes. Et semble plus jeune que la veille. Peut-être vient-elle d'Europe de l'Est ou a-t-elle des origines slaves. Qui est-elle ? Comment en est-elle arrivée là ? Il y a vingt-quatre heures on ne se connaissait pas et pourtant nous sommes très proches. Dans une certaine mesure, ce pourrait être moi, allongée dans cette chambre froide. Ce sera moi. La boule coincée dans ma gorge remonte tout doucement. Les premières larmes tombent en silence, comme des feuilles d'automne. Un si petit corps pour une si grande solitude. Je suis glacée. Elle aussi doit avoir froid, il faut qu'elle s'habille. Je sors et pars à la recherche de la femme cocker, je la trouve près de l'ascenseur.

— Vous avez fini ?

— Oui, merci. C'est bien de la voir comme ça, propre je veux dire.

— Oui, on essaie d'apporter un peu de dignité à ces gens qui ont tout perdu. Ce n'est pas un travail facile, mais on le fait avec cœur.

C'est important pour les familles, et pour nous aussi. On a beau côtoyer la mort tous les jours, on reste sensibles.

Je ne sais pas quoi dire. Nous nous regardons dans un silence qui n'a rien de pesant.

— Et qu'est-ce qui se passe maintenant pour elle ? Vous la gardez combien de temps ?

— Six jours, davantage si on a de la place. Ensuite, si personne ne se manifeste, on l'enterre au cimetière de Thiais, il y a un espace là-bas pour les gens comme elle, sans famille, sans rien.

— Je vais revenir avec des vêtements.

— D'accord. Si c'est pas moi, ce sera mon collègue, je lui vais lui laisser un mot.

— Merci, madame. Merci pour tout !

Les portes de l'ascenseur se referment. Je songe au travail lugubre de cette femme, quand mon ventre gargouille sans prévenir. J'ai faim. Mon estomac n'a pas le respect des morts. Je suis tentée de m'arrêter manger un croque-monsieur à la cafétéria de l'hôpital. À condition bien sûr de ne croiser personne susceptible de me couper l'appétit. Je sais par expérience que certains patients non alités aiment se promener du côté de la cafétéria. À l'hôpital, toute distraction est bonne à prendre. Quand on est hospitalisé, aller à la cafétéria ou chez le marchand de journaux équivaut à une sortie au théâtre ou au cinéma. C'est un événement en soi. Et j'ai la phobie des aiguilles. La simple vue d'une perfusion plantée dans une veine me donne des haut-le-cœur. À la fin de sa vie, on ne savait plus où piquer papa. Sa peau flétrie était couverte d'hématomes. Cette image douloureuse suffit à me couper l'appétit. Je m'achèterai un sandwich plus tard et surtout ailleurs. Là, tout de suite, je file rue Montorgueil, je compte bien offrir à mon inconnue ce qu'il y a de plus doux et de plus cher. Ça me fait sûrement plus plaisir qu'à elle, mais dans le doute, sait-on jamais ? Je chope *in extremis* un taxi à la station de l'hôpital. Je m'enfonce avec plaisir dans les sièges en cuir d'une berline. Une odeur de vanille de synthèse vient me chatouiller les narines. J'y vois comme un signe. Le chauffeur jeune et prévenant semble avoir compris que je ne voulais pas qu'on me fasse la conversation. Après m'avoir demandé si sa radio n'était pas trop forte, si j'avais une station de prédilection ou un itinéraire préféré, il a opté pour un silence religieux, entrecoupé de temps à autre par le battement discret de son clignotant. Étonnant comme Paris change de visage d'un taxi à l'autre. J'arrive plus détendue devant ma boutique préférée. J'y reviens comme un bateau qui rentre au port. La vendeuse est toujours là, souriante de toutes ses jolies dents et prête à me servir. Encore un peu et on se ferait la bise.

— Bonjour vous allez bien ? me demande-t-elle complice.

— Très bien, merci !

J'affiche un grand sourire, comme si personne ne m'attendait à la morgue. Je suis réellement heureuse de la voir. Je sais que je peux compter sur son aide.

— Vous travaillez dans le quartier ? m'interroge-t-elle, sans doute curieuse de ma frénésie soudaine, en repliant des pulls.

— Non, mais j'aime bien m'y promener et comme vous avez de jolies choses…

— Je peux vous aider ?

— Oui, c'est pour une amie cette fois, je voudrais un ensemble chaud et doux et aussi une de vos écharpes en cachemire.

— Elle fait quelle taille votre amie ?

Je dirai un 36, elle est toute menue.

— J'ai des jolis pantalons en tweed ?

— Je vous fais entièrement confiance. Je veux juste des matières chaudes et douces, que ce soit joli et confortable, c'est mon seul critère.

— Bon, c'est formidable les clients comme vous !

Je ris avec elle. Je me sens euphorique. Tout heureuse de faire ma BA en apportant confort et dignité à cette femme SDF. Je me garde bien de dire à la vendeuse que ces vêtements qu'elle met tant de soin à choisir sont destinés à être enfermés dans une boîte, pour finir mangés par les vers. Dans cette boutique chic du quartier historique, la mort n'a pas sa place. Ici le temps se décline en collections été/automne/hiver, il n'est synonyme que de plaisir et d'élégance. Elle me montre un très joli pantalon en tweed gris souris, un pull en cachemire couleur taupe, ainsi qu'un très joli chemisier en soie blanche.

— J'ai pris ce qu'il y avait de plus doux pour votre amie. Si toutefois ça n'allait pas, on peut lui faire un ticket cadeau, sans le prix affiché, comme ça elle peut changer dans toutes nos boutiques. Il y a les adresses sur la carte.

Cet échange banal me pince le cœur.

— Je suis sûre que ça lui ira très bien. Elle est comme moi, pas très coquette, elle va être ravie. Merci.

— En tout cas n'hésitez pas, même sans ticket, si vous l'accompagnez, je lui ferai l'échange. Ça fera cinq cent soixante-sept euros, s'il vous plaît.

Je tends ma carte bleue sans ciller. C'est tout sauf du superflu. Cette femme m'a offert une seconde chance, elle a toute ma reconnaissance. C'est en quelque sorte mon cadeau d'adieu.

Il est déjà presque 15 heures, j'ai besoin de grignoter quelque chose, de prendre des forces, je repasserai demain à Saint-Louis. Je veux me remettre les idées au clair avant mon rendez-vous chez Franck. Le soleil brille, je regarde le ciel et ses nuages, c'est beau un ciel, c'est reposant. Je devrais l'admirer plus souvent. Émue et heureuse, je marche vers un arrêt de bus. J'ai envie de flâner, profiter, de regarder tous ces gens autour de moi, tous ces vivants qui font battre le cœur de Paris.

Je sonne à 19 heures pile, sur ce palier qui a vu ma vie défiler. Frank m'ouvre grand la porte, je le sens heureux et ému de me voir. Ce soir il tombe le masque, ce n'est pas le psy mais l'homme qui m'accueille, et il n'en est à mes yeux que plus charmant encore. J'en suis toute retournée.

— Bonsoir, Franck.

— Bonsoir, Sylvie, entre.

Il me tutoie, est-ce que ça veut dire qu'il va me prendre en levrette sur le canapé ? Ce même canapé sur lequel j'ai revisité les moindres recoins de ma sinistre vie. J'essaie de me rappeler quelle culotte j'ai mise ce matin. Pourvu qu'elle ne soit pas trop moche ou, pire, trouée.

Je découvre étonnée qu'il a dressé un petit apéro sur la table basse, vin blanc et olives vertes m'attendent sagement. D'habitude j'ai droit à un verre d'eau et une boîte de mouchoirs, les codes ont définitivement sauté.

— J'ai trouvé plus sympa qu'on boive un verre ici. Et puis, ce soir, c'est à mon tour de parler, s'amuse-t-il. Je te dis « tu », ça te va ?

— Heu oui. OK, oui, c'est très bien. Même si je ne suis pas sûre de savoir où cette petite transgression va nous mener. Cette intimité brutale me rend nerveuse.

— Donne-moi ton manteau, mets-toi à l'aise.

Mon Dieu, faites que ma culotte ne soit pas trouée.

Franck porte une chemise « façon bûcheron » rouge que je ne lui connaissais pas, sur un jean délavé, il est en mode décontracté. Avec ses lunettes en écaille, ça lui donne un côté intello sexy, il est parfait. Je n'arrive pas à croire qu'il me drague, qu'un homme comme lui se donne autant de mal pour ma petite personne. Comme si c'était lui qui faisait un transfert sur moi.

— Comment tu te sens depuis hier ?

— Écoute, plutôt bien compte tenu des circonstances. Merci vraiment de m'avoir raccompagnée, je suis confuse de m'être endormie comme ça sur ton canapé.

— C'est normal.

Je rougis en l'imaginant me porter dans ses bras. Ma tête abandonnée contre sa poitrine, ses muscles et ses biceps tendus pour moi. Sa chaleur contre la mienne. Et dire que j'ai raté ce moment torride.

— À part ça, j'ai dormi comme une masse, ça m'a fait du bien, j'étais épuisée. Et puis je suis allée voir cette femme à la morgue de l'hôpital. Ils lui avaient fait sa toilette. C'était étonnant de la voir sans ses… nippes ou ses frusques, je ne sais pas comment dire. Mais elle avait meilleure mine, si j'ose dire.

J'ai bien conscience de la maladresse de mes propos, mais je suis troublée, tutoyer son psy du jour au lendemain n'a rien d'anodin, je fais mes premiers pas, maladroitement, comme un bébé. Il me tend un verre de vin blanc, dans lequel je trempe mes lèvres pour me donner contenance. Que faisons-nous là, à parler autour d'un verre, comme si nous étions amis, voire amants ? Tout va tellement vite ces derniers temps que je ne sais plus quoi penser de RIEN.

— C'est bien que tu aies pu faire ça. Ça t'honore un peu plus. Je te donnerai les coordonnées d'un collègue, je lui ai déjà parlé de toi, j'ai tout prévu, tu sais.

Je souris en reprenant une gorgée d'un très bon coteaux-du-layon. Je regarde l'étiquette avec grand intérêt pour cacher mon trouble.

Peut-être m'a-t-il déposé un baiser pendant que je dormais, abandonnée dans ses bras ?

— Je vais être très clair avec toi, Sylvie, si je t'ai fait venir, ce n'est pas pour te draguer. Je ne voudrais surtout pas que tu t'imagines quoi que ce soit de déplacé de ma part. Mais je voulais te parler, te dire quelque chose à mon sujet que très peu de gens savent.

Je ris bêtement pour cacher ma gêne. J'aime mieux avoir l'air bête que déçue. Car je suis déçue.

— Ce soir, c'est à moi de me dévoiler. Ce qui s'est passé hier soir m'a moi aussi secoué. C'est d'ailleurs pour cette raison que je ne peux pas continuer mes consultations avec toi, mais j'estime te devoir une explication.

Je ne pipe mot. J'attends, je fais ma psy. J'ai été à bonne école.

— J'ai été très touché par ce qui t'est arrivé hier soir et en particulier par ton geste, car il faut que tu saches une chose : mon père est SDF. Enfin était.

Je suis scotchée. Je me répète intérieurement sa phrase pour être sûre de bien la comprendre. Comment un homme, un psy aussi équilibré qui dégage autant d'assurance, de séduction et de flegme peut-il être le fils d'un homme à la dérive, d'un homme qui vit dans des cartons ?

Je recrache discrètement mon noyau d'olive de peur de m'étouffer avec. Je le regarde sans rien dire. Que peut-on ajouter après ça ?

— Ce que je te dis là, tu t'en doutes, ce n'est pas une chose dont on est fier, surtout quand on est ado en recherche de modèle. J'ai grandi dans la honte du père. C'est une part de ma vie qui me ronge et ça me fait du bien de le partager avec toi. Ce que tu as fait pour cette femme, je n'ai pas su le faire pour mon père. Nos relations étaient très compliquées, c'était un homme malade sur le plan psychiatrique, il est parti quand j'étais petit, il a coupé les ponts avec sa famille. Grandir avec ce secret a été très difficile. C'était un sujet tabou. Je me suis senti très seul, très souvent.

Mes yeux se mouillent, je suis bouleversée par sa confession. Cueillie aussi, car je ne m'attendais pas à une telle révélation. Et estomaquée par la sérénité qu'il dégage en dépit de son histoire trouble. Je dois me racler la gorge, les mots ont du mal à sortir.

— Il est mort il y a longtemps ?

— Une dizaine d'années. D'après ce que je sais, il était mort depuis plusieurs jours quand on a découvert son corps. Mon père était alcoolique comme beaucoup de gens qui vivent dehors, il est mort sur le trottoir, sur une bouche de métro plus exactement, comme une épave.

J'essaie d'analyser cette info. De me projeter dans ce qu'il a dû vivre et ressentir. C'est inimaginable. Avec son histoire familiale, je dois l'avouer, je le trouve encore plus touchant, encore plus craquant.

— J'avais un peu occulté cette partie de ma vie, je pensais même l'avoir définitivement réglée et hier soir tout est remonté. J'aurais aimé qu'il tombe sur quelqu'un comme toi. C'est ce que je voulais te dire.

Et le voilà qui se lève pour me prendre dans ses bras. Il me serre très chaleureusement. L'espace d'un instant je crois qu'il va me rouler une méga pelle et me prendre sur son canapé Habitat. Disons que ça aurait été une bonne façon de conclure cette confession, mais non. Il a dû le sentir car je sens une légère gêne au moment de regagner nos sièges.

— Franck, je ne sais pas quoi te dire. Ça a dû être terrible pour toi et je ne sais pas comment tu fais pour écouter nos histoires pathétiques à longueur de journée, enfin je parle surtout pour moi. Ce que tu as traversé n'est en rien comparable avec ce que j'ai pu te dire. Je me sens terriblement honteuse avec mes petits problèmes de vieille fille unique.

— Tu sais, Sylvie, il n'y a pas de petits ou de grands malheurs. Il y a des gens malheureux pour différentes raisons. Je me suis appuyé sur mon histoire personnelle comme sur une béquille. Malgré la honte, un sentiment de solitude et d'incompréhension, j'ai choisi d'être heureux et surtout de m'assumer. Je ne suis pas seulement le fils d'un SDF, je suis aussi homosexuel. Je suis en couple avec un homme depuis presque quinze ans. Je ne suis pas devenu psy par hasard et j'éprouve une grande satisfaction et parfois même un vrai sentiment de plénitude à remettre des gens perdus sur leur propre route. En tout cas, c'est comme ça que j'aborde mon métier.

Il est homo. Mais bien sûr ! J'aurais dû m'en douter avec sa mèche soyeuse, toujours impeccable. Quelle gourde. Ce que j'ai pu être naïve.

— Je te remercie pour tout ce que tu viens de dire. Je suis très troublée. Je suis un peu perdue et pourtant je sens que je suis dans la bonne direction. Hier après ma séance, je me sentais prête à mourir et puis j'ai croisé cette femme. Et c'est comme si elle m'avait fait des appels de phares. Comme si elle m'avait prévenue. La solitude c'est moche, c'est sale, c'est triste, ça pue et personne n'a envie de la voir. Ça a été un vrai électrochoc. Qui a fait repartir mon cœur. Elle m'a redonné l'envie de vivre. Et ce soir, tu me dis que ton papa est mort dans la rue, tu me fais une confidence incroyable comme si on était amis.

— On l'est un peu maintenant, non ?

Faut pas qu'il me regarde comme ça, parce que, homo ou pas, je vais me jeter sur lui.

— Il s'appelle comment ton ami ?

— Hervé. Tu l'aimeras beaucoup, me dit-il avec un sourire que je ne lui avais jamais vu.

Et pour cause, le psy restait de marbre et ne laissait rien paraître. Il s'offrait à moi comme support ou plutôt comme miroir de ma pauvre âme. L'homme est intelligent, sensible, touchant, amoureux et généreux. Je l'aimais déjà en psy, je l'adore en ami.

Je comprends soudain que plus rien ne sera pareil. Franck a raison. Sylvie Chabert est morte. C'est elle qui est à la morgue. C'est pour elle que j'ai acheté des vêtements aujourd'hui et c'est elle que je vais enterrer demain. Moi, je ne sais pas encore exactement qui je suis, mais je suis une femme entourée, je ne suis plus la patiente suicidaire de Franck, je suis son amie, sa confidente. J'ai des amis, des envies et même un amant. Les larmes jaillissent comme le champagne de sa bouteille. Mieux qu'une demande en mariage, une demande en amitié. Mes premières larmes de bonheur.

— Ça va ? Désolé, je ne voulais pas te bouleverser.

Et il me prend à nouveau dans ses bras musclés. Je ne connais pas Hervé, mais il a beaucoup de chance.

— Tu sais quoi ? dis-je en reniflant comme les enfants. J'ai envie d'aller danser, j'ai envie de picoler !

Voilà bien une phrase que l'ancienne Sylvie Chabert n'aurait jamais prononcée. Il me regarde avec étonnement et une certaine fierté.

— Allez, on va célébrer ta renaissance !

Nous finissons nos verres cul sec, Franck envoie un texto à Hervé, éteint la lumière, claque la porte gaiement et nous voilà partis bras dessus, bras dessous en direction du Rosa Bonheur, un bar dont je n'ai jamais entendu parler mais dont Franck est apparemment un habitué. Je suis fière de l'avoir comme chevalier servant. J'ai un peu faim, la tête qui tourne, mais je me sens merveilleusement bien, joyeuse. Cette fois, ce n'est pas l'alcool mais la vie qui me rend pompette. Je ne me pose aucune question sur la suite des événements. Je fais confiance à Franck. À cette heure, dans le métro, la population des travailleurs a fait place à celle des fêtards, des groupes de touristes bruyants et excités. Les jeunes filles sont apprêtées, les jambes s'exhibent fièrement sous les collants sexy. Les lèvres se font gourmandes, ça s'interpelle, ça rit et ça chante même. Ça vit. C'est comme si personne n'y était mort la veille. Je pense à mes soirées d'hiver. Le bol de soupe en brique réchauffée au micro-ondes. Le yaourt avalé vite fait dans le lit. Le silence, pesant. Un somnifère et au lit. J'observe autour de moi, émerveillée par cette faune braillarde. Je me sens comme une touriste au pays du bonheur. Franck me jette des coups d'œil amusés. Je me laisse conduire. En sortant du métro, Hervé l'appelle.

— On arrive ! Prends-nous à boire.

— Du champagne ! je crie, euphorique, comme si je faisais partie depuis toujours de la bande.

Le parc des Buttes-Chaumont est plongé dans la nuit. Une nappe d'humidité nous enveloppe, je suis prise d'un frisson, je souris en claquant des dents. Enchantée d'être ici, avec lui, de façon aussi inattendue. Franck m'offre son bras solide et musclé, grâce à lui je me sens presque princesse.

— On est bientôt arrivés, tu vas voir, c'est très sympa !

J'aperçois un peu plus bas les lumières rouge et orange d'une grande maison. On dirait une chaumière au milieu des bois. Un havre de bonheur. Des couples discutent ou s'enlacent sous les lampadaires. Des rires fusent, des cigarettes incandescentes brillent dans la nuit comme autant de petites lucioles. Je découvre un nouveau monde, celui de l'amitié. De l'extérieur, on entend la musique disco en sourdine, une fois à l'intérieur elle est assourdissante. Peu habituée à de tels décibels, je porte instinctivement mes mains à mes oreilles en écarquillant les yeux. Je ris de plaisir devant autant de brouhaha. Le Rosa Bonheur est plein à craquer, autour de moi ça danse, ça se frotte, ça chante, ça rit, ça hurle, ça s'embrasse, ça se pelote, ça boit, ça trinque, ça vibre, ça se bouscule. Franck salue des convives, certains viennent lui faire la bise, beaucoup sont des hommes. Quelques-uns s'embrassent sur la bouche. Je suis sur le territoire de Franck, un monde où l'amour n'a pas de frontières. Un homme brun d'une quarantaine d'années vient vers nous en se dandinant, une bouteille de champagne à la main. Il enlace Franck et lui dépose un baiser sur les lèvres. J'ai un mouvement de recul. Soudain gênée devant ce témoignage d'amour. Il y a quelques heures encore, Franck incarnait pour moi l'intelligence et la raison. Je ne savais rien de lui. Il apparaissait comme le garant du savoir. Il savait tout de moi et moi rien de lui. Et voilà que ce soir je découvre l'homme de chair, qui aime et se laisse aimer. C'est troublant.

— Hervé, je te présente Sylvie, Sylvie, voici Hervé.

Il le regarde avec fierté et adoration, visiblement heureux de le retrouver. Hervé arbore ce même look soigné. Il porte une belle chemise bleu ciel qui souligne sa silhouette élégante et sportive. Il a de beaux cheveux bruns bouclés, ébouriffés juste comme il faut. Il est canon et étonnamment viril pour un homosexuel. Du moins tels que je les imagine.

— Enchanté, Sylvie, attends, bouge pas !

Il me met du champagne derrière chaque oreille. Je ne pouvais rêver meilleur baptême. Ça me chatouille et me ravit à la fois.

— Ça porte bonheur, crie-t-il par-dessus le brouhaha.

Souriante, je lui prends la bouteille des mains et bois directement au goulot. Mon geste est accueilli joyeusement.

— Allez, on va danser !

Et les voilà qui se dandinent et s'enlacent. Je découvre Franck sous un jour plus intime et plus festif. Je regarde autour de moi, heureuse. Je me sens bien, au milieu de cette foule chaleureuse. Ici personne n'est jugé. Tout est bienveillant. Je pense à Véronique, j'aimerais l'emmener dans cet endroit, elle y a toute sa place. Et je pense à Éric bien sûr. J'aimerais qu'il soit là, tout contre moi, qu'il m'enlace et me fasse danser, chavirer, même si je danse comme un pied. Une douce chaleur m'envahit. Désinhibée par le champagne, je lui envoie un message.

« Quand est-ce qu'on se voit ? »

La réponse ne tarde pas.

« Demain soir ? »

Je suis tentée de lui répondre : Pourquoi pas maintenant ? Mais une main invisible me retient. J'ai envie de savourer ce moment. Quelque part dans Paris, un homme pense à moi, il veut me revoir, moi Sylvie Chabert, la grande brune voûtée.

« Demain soir, c'est parfait ! »

Et je bois une nouvelle gorgée de champagne. Tandis qu'une douce sensation de bonheur m'envahit, je pense à cette femme qui m'attend dans la chambre froide de l'hôpital Saint-Louis. Je trinque avec elle en pensée. Je lui suis reconnaissante. Grâce à elle, je suis ici au chaud, au Rosa Bonheur, entourée de ces gens joyeux. Grâce à elle, je suis en vie, le bernard-l'ermite a retrouvé le chemin de sa coquille. Je suis habitée par une envie de vivre que je ne me connaissais pas. Je sens mon cœur battre au rythme des basses. Ce soir, je peux le dire, je suis à ma place au milieu de la foule heureuse.

Ce matin en me levant j'avais les idées étonnamment claires pour quelqu'un qui a vidé la veille une bouteille de champagne, suivie de deux, trois cocktails. Je me suis habillée avec une détermination que je ne me connaissais pas. J'appelle Laura, pour la prévenir de mon retard.

— Laura, c'est Sylvie, je suis en chemin, est-ce que tu peux dire à Pierre qu'il faut que je le voie impérativement, dès que j'arrive, dis-lui que c'est urgent.

— OK, rien de grave j'espère ?

— Non, rien de grave, mais insiste bien sur le caractère urgent.

Pierre va très certainement s'étonner de cette requête inhabituelle. Je ne le sollicite jamais. On se parle rarement, il est toujours content de mon travail, il me le dit à chaque évaluation de fin d'année et cela nous suffit. Pierre est un bon dirigeant d'entreprise, un père qui voit ses enfants grandir de loin. Il apprécie les employés comme moi, qui n'ont aucune vie privée et se consacrent corps et âme à leur travail. Il risque d'être surpris par ce que je vais lui annoncer.

Quand j'arrive au bureau, Laura m'accueille avec curiosité. Elle doit se demander ce qui me passe par la tête en ce moment. Je ne me suis jamais fait autant remarquer que ces dernières semaines. Nelly et Corinne n'ont pas fini de jaser à la machine à café. Je passe devant elle en coup de vent.

— Bonjour Laura, Pierre m'attend ?

— Heu, oui, je lui ai dit que tu voulais le voir, il a dit que tu pouvais passer quand tu voulais. Tu veux un café ?

— Non merci, dis-je en me dirigeant d'un pied ferme vers le bureau de Pierre.

Je frappe en souriant, ce qui n'échappe pas à Laura qui ne me quitte pas des yeux. Je vais bientôt devenir son sujet de prédilection.

— Entrez !

J'ouvre la porte.

— Sylvie, bonjour, ça va ? Laura m'a dit que tu voulais me voir.

— Oui, bonjour Pierre.

Je m'assois sans lui laisser le temps de m'inviter à le faire. Je le sens légèrement décontenancé par un changement d'attitude dans ma personne. Un élan vital surgi de nulle part. Je suis passée de passive à active.

— Assieds-toi bien sûr. Ça va ? Je n'ai pas eu le temps de te le demander, je suis désolé, j'aurais dû prendre de tes nouvelles, je sais que la mort de ton père t'a beaucoup affectée. Vous étiez proches, c'est bien ça ?

Pierre n'est pas un mauvais directeur juridique. Il est même plutôt aimable. Son allure rondouillarde le rend sympathique. Je me rends compte aujourd'hui que je voyais en lui un deuxième père, à qui je devais impérativement plaire, en travaillant le plus dur possible.

— C'est gentil, merci Pierre, mais je ne viens pas pour ça. Je t'annonce que je donne ma démission, je quitte l'entreprise à la fin du mois.

Pierre a perdu de sa bonhomie, ses bajoues tremblotent, ses sourcils se froncent. Visiblement, la nouvelle le prend de court.

— Mais qu'est-ce qui se passe, Sylvie ? Je ne comprends pas.

— Rien, il ne se passe rien ou plutôt il se passe beaucoup de choses et donc je te donne ma démission. Tu la recevras en bonne et due forme en recommandé par courrier d'ici quelques jours, mais j'ai trouvé plus correct de te le dire face à face.

Il me regarde sans comprendre. Il retire ses lunettes, se frotte les paupières, les remet. Je suis toujours là et toujours aussi déterminée à partir. Je lui souris en le regardant droit dans les yeux.

— Ça ne va pas ? Tu as des soucis ? Tu sais que tu peux tout à fait, et je le comprendrais, te mettre en arrêt maladie. Après le décès de ton père, ce serait compréhensible. Tu as sûrement besoin de temps pour te remettre de ce deuil difficile.

Il y a quelques jours encore j'aurais été très touchée par sa sollicitude, bien que tardive. Mais aujourd'hui je m'en tape le cocotier.

— Je vais très bien, Pierre, je te remercie, c'est avant que j'étais malade. Aujourd'hui je suis en pleine forme ! Ce n'est pas d'un congé maladie que j'ai besoin, mais d'un congé tout court. Je reprends ma liberté. J'ai beaucoup travaillé ces dernières années et là j'ai besoin de temps pour moi, pour vivre.

— Je comprends, Sylvie, et c'est tout à fait normal. Mais que dirais-tu de partir en vacances et qu'on en reparle calmement à ton retour ? Tu peux partir un mois même, si ça te chante ! Je préfère recevoir une carte postale qu'un recommandé, hé, hé ! On s'organisera. Ça me paraît une bonne proposition, qu'en dis-tu ?

Son sourire est crispé et ses sourcils broussailleux prennent ombrage.

— Tu sais quoi, Pierre ? Tu as raison, vous pouvez vous organiser sans moi. Je donne ma démission aujourd'hui. Je dois m'occuper d'une amie qui a besoin de moi, j'ai mille choses à faire, quarante-cinq ans de vie à rattraper et pas une minute à perdre ! Au revoir et bonne chance, Pierre !

Je me lève, indifférente à ses suppliques. Heureuse d'avoir pris la bonne décision. Pierre n'a pas eu le temps de comprendre, je ne lui ai laissé aucune chance. La nouvelle Sylvie dégaine plus vite que son ombre. En sortant du bureau je m'arrête devant Laura. Je devine à son regard perplexe qu'elle a déjà compris une partie de ce qui se tramait derrière cette porte fermée. Je lui annonce la bonne nouvelle.

— Je pars, Laura, je quitte la société.

Elle aussi semble abasourdie. Depuis cinq ans qu'elle est mon assistante, nos journées se sont succédé sans bruit ni fureur. Et voilà que je fais tout sauter à la dynamite. Un attentat sans revendication, si ce n'est celle de vivre, plus et ailleurs. Surtout ailleurs.

— Qu'est-ce qui se passe ? me demande-t-elle, blême.

— Rien, ne t'inquiète pas. Rien de grave, bien au contraire. Merci pour tout, Laura, pour ces années à mes côtés et surtout pour tes conseils et ta discrétion ces derniers jours.

Je la vois qui se sent coupable d'avoir allumé la mèche.

— Ne t'inquiète pas, tu n'y es pour rien. Tu n'as fait que te montrer gentille et encourageante à mon égard. J'ai juste besoin de changement.

Je la regarde en souriant pour la rassurer et lui dire que tout va bien. Mais plus je lui souris et plus son trouble grandit. Elle est à deux doigts d'appeler SOS Psychiatrie.

— Eh bien, bonne chance alors, bredouille-t-elle, ne sachant trop quoi dire.

— Merci, Laura, bonne continuation à toi.

Et je pars le cœur léger, euphorique. Depuis l'ascenseur je lui adresse un dernier signe alors que les portes se referment. Laura me regarde, toujours incrédule. Je glousse une fois toute seule. Je fais un rapide calcul. Je suis propriétaire de mon appartement, je devrais toucher dans les 500 000 euros, 300 000 moins les droits de succession. J'ai quelques mois devant moi pour faire le point sur ma vie. Pour le moment, je dois repasser à la maison, récupérer les vêtements achetés la veille pour les déposer à Saint-Louis. Mais avant tout j'appelle Véronique.

— Allô, Véronique ?

— Sylvie ? Je n'ai pas reconnu ta voix.

— Dis-moi, tu fais quoi aujourd'hui ?

— Rien de spécial, je comptais aller à mon cours de sophrologie et me promener avec Blacky, pourquoi ?

— Il faut que je te voie, je voudrais te présenter quelqu'un.

— Quelqu'un ? Qui ? Un homme ? me demande-t-elle, inquiète.

Je souris intérieurement. Le choc risque d'être rude.

— Non, une femme.

— Une femme ? Mais pourquoi tu veux me présenter une femme ?

— Écoute, retrouve-moi dans une heure devant l'hôpital Saint-Louis, d'accord ? Pas devant l'entrée principale, celle qui se trouve derrière.

— C'est compliqué ton truc. Et tu n'es pas au travail ?

— Non, viens, je t'expliquerai.

— Maintenant ? Parce que c'est l'heure de la promenade de Blacky.

— Oui, maintenant, Blacky peut attendre !

Pour la première fois depuis longtemps, j'ai l'impression de courir après le temps. Avant je le regardais qui s'étirait péniblement. J'étais cette vache qui regarde passer les trains, en attendant l'heure de la traite. Aujourd'hui j'ai sauté dans le train et il roule à vive allure. À peine arrivée à la maison, je prends le sac Comptoir des Cotonniers et je repars, direction l'hôpital. En chemin je repense à la tournure qu'ont prise les événements depuis ce matin. Démissionner a été bien plus facile que je ne le pensais. Des adieux sans larmes ni pot de départ. Il aura suffi de quelques minutes pour balayer quinze années de collaboration avec cette entreprise qui était toute ma vie. C'est dire si elle était palpitante. Mais la vraie vie est là, tout près, elle me tend les bras. Jusqu'ici j'étais figée dans la naphtaline. Je prenais la poussière, mais j'ai fait sauter les boutons. Je respire, je cours, je vole. Oui, je vole. Arrivée à l'hôpital Saint-Louis, je guette Véronique avec une certaine impatience. J'espère qu'elle ne m'aura pas fait faux bond. C'est qu'elle n'aime pas être bousculée dans ses habitudes, elle a sa petite routine elle aussi. Comme ses promenades au parc avec Blacky, son horrible scotch-terrier. Des années qu'elle feint d'ignorer qu'il est prognathe. J'observe autour de moi le va-et-vient calme des blouses blanches, quand enfin je la vois s'extirper péniblement d'un taxi. Tandis qu'elle règle sa course je lui fais signe. À sa tête je comprends qu'elle se demande ce qu'elle fait là. Je m'avance pour l'embrasser.

— Je suis contente que tu sois venue.

— J'aurais préféré qu'on se retrouve chez Ladurée, entre nous. Alors ? Tu vas me dire ce qui se passe maintenant ?

— Viens.

— Mais on va où ? Qu'est-ce qu'on fait dans un hôpital ?

Je l'attrape par le bras et l'entraîne vers l'ascenseur, direction le sous-sol. Véronique est dépitée, agacée, apeurée.

— Je te signale que les chambres, d'habitude, c'est au-dessus. Je suis vraiment venue pour te faire plaisir, tu sais comme j'ai les hôpitaux en horreur !

— On va à la morgue.

Elle me dévisage, paniquée.

— C'est quoi cette histoire encore ? Tu es vraiment bizarre en ce moment.

— C'est pas moi, c'est la vie qui est bizarre.

Je l'entraîne dans le couloir à la lumière tamisée qui m'est déjà familier. En chemin nous tombons sur la femme cocker. Je lui saute littéralement dessus.

— Bonjour, je suis revenue avec une amie, c'est possible de se recueillir ? J'ai aussi apporté des vêtements pour elle.

— Très bien. Venez, je vous emmène, c'est la bousculade des grands jours ma parole.

Véronique semble complètement déstabilisée. Mais la proximité d'une chambre mortuaire l'oblige à bien se tenir. Je lui souris pour la rassurer, comme on rassure un enfant avant la piqûre – le vaccin que je lui prépare risque d'être douloureux. Nous suivons notre guide en silence, jusqu'à ce qu'elle s'arrête devant la porte. Véronique me jette des regards inquiets.

— Entrez, dit-elle en nous laissant passer.

Véronique est désormais livide. J'espère qu'elle va tenir le coup, je sais qu'elle est claustrophobe. La femme cocker ouvre la porte métallique et fait doucement glisser le brancard en métal argenté. C'est toujours aussi impressionnant de voir un corps sortir de cette boîte réfrigérée.

— Ça va aller ? demande-t-elle doucement à Véronique qui semble prête à défaillir.

Véronique acquiesce en silence, sa poitrine se soulève.

— Je vous laisse, je ne serai pas loin, vous n'aurez qu'à laisser les vêtements en partant, je l'habillerai avec mon collègue.

— Merci, je murmure.

Une fois seule, je regarde, pleine d'appréhension, Véronique. Je sais que je suis gonflée de lui imposer ça. J'espère ne pas avoir à le regretter. Je veux juste qu'elle comprenne.

— C'est qui ? finit-elle par demander.

— Je ne sais pas. Je ne la connais pas. Tout ce que je sais, c'est qu'elle m'a sauvé la vie.

Véronique me dévisage sans comprendre. Ses yeux sont remplis de larmes, je m'en veux de lui imposer ce face-à-face avec la mort. J'essaie de trouver les mots, mais même pour moi c'est confus. Je me lance maladroitement.

— Tu connais la flamme du soldat inconnu ? Eh bien, elle, c'est la douleur inconnue.

— Je comprends rien, marmonne-t-elle.

Je n'ai plus le choix, il faut que je lui dise.

— Véronique. Il faut que je t'avoue quelque chose. J'ai voulu mourir. J'avais prévu de le faire le jour de Noël.

Je vois son regard qui s'agrandit. Elle porte sa main devant sa bouche comme pour étouffer un cri.

— Je t'ai menti, pardon. Quand je t'ai dit que je partais seule pour un coin paradisiaque, je le pensais sérieusement. À l'époque je pensais que la mort était la meilleure des destinations pour moi. Je ne me sentais plus capable de vivre, tu comprends ?

Non, visiblement, elle ne comprend pas. Ou plutôt elle ne veut pas comprendre.

— Je voulais juste en finir. Écrire la fin de ma propre histoire. J'ai rencontré ce psy qui m'a donné des exercices à la noix. Ça me changeait de ma routine. Mais je voulais toujours mourir. Et puis, l'autre soir, cette femme que je ne connais pas est morte presque dans mes bras. Elle souffrait en silence comme un animal, elle baignait dans sa pisse sur un bout de quai de métro. Et je me suis vue. D'une certaine façon, je me suis reconnue. Et ça m'a fait un choc. Dans le bon sens du terme. Alors voilà, je voudrais lui offrir un enterrement digne de ce nom. Et puis j'ai réalisé que ce n'était pas seulement une femme seule et abandonnée que j'enterrais, mais aussi ma solitude.

J'en fais trop ou pas assez, mais ce n'est pas grave. Seul le moment compte.

— Si je t'ai amenée ici, c'est pour que tu enterres toi aussi ton amertume, ton chagrin, ton divorce.

Véronique m'écoute en silence, je vois de grosses larmes qui coulent sur ses joues et je suis un peu rassurée. Quelque chose bouge en elle.

— Véronique, honnêtement, étais-tu heureuse avec Jean ?

Elle hausse les épaules.

— Véronique, Jean est parti, ton mariage est mort, mais toi tu es en vie. Tu es encore jeune. Tu as des enfants sympas, une jolie maison, fais ton deuil. Passe à autre chose, tu mérites plus que l'amour d'un chien.

Elle me lance un regard mauvais à travers ses larmes.

— Ce n'est pas si facile, murmure-t-elle. Tu sais pas ce que c'est de vivre vingt ans avec un homme et de se faire plaquer pour une autre. Une plus jeune, une plus jolie.

— C'est vrai. Tu as raison, je ne connais pas la vie de couple. Mais je connais bien la solitude et tu en prends le chemin, Véronique. Tu ne t'en rends pas compte, mais ton chagrin, ton esprit de vengeance ne font de mal qu'à toi-même. Ils t'isolent. Tu te coupes de toi-même des autres, de tes enfants. À ressasser toute seule dans ton coin, tu lasses. La solitude c'est comme tomber au fond d'une crevasse, tu es blessée, tu souffres, tu as mal, tu as besoin d'aide pour remonter, mais d'où tu es personne ne te voit ni ne t'entend. Et permets-moi de te dire que la glace autour de toi est fragile.

Véronique ne dit rien. Elle fixe ce petit bout de femme sans âge pendant un long moment et finit à mon grand soulagement par briser le silence.

— C'est quand l'enterrement ? articule-t-elle difficilement.

— Bonne question.

Nous sommes restées encore un moment en silence. Cette femme que plus personne ne voyait, nous l'avons fixée pour ne pas l'oublier. J'ai laissé le sac de vêtements, comme convenu. Puis nous sommes remontées nous réchauffer à la surface, parmi les vivants.

— Allez, viens, on va fêter ça chez Ladurée.

Elle a souri. Nous avons attrapé un taxi.

— Tu sais quoi ? Je crois que je vais passer mon permis de conduire.

Je l'ai regardée avec étonnement.

— Toi ?

— Oui, moi. J'en ai marre de dépendre des autres pour les vacances. Ça m'a traversé l'esprit quand on était en « bas ». Je pourrais m'acheter une automatique ?

Cela m'a paru une excellente idée. Nous nous sommes fait déposer boulevard Haussmann. Et nous nous sommes offert un délicieux repas.

Une pause gourmande sous les lambris dorés qui a fini de nous mettre du baume au cœur.

— Et comment tu vas faire pour l'enterrer ?

— Il y a un grand cimetière à Thiais avec un espace réservé aux gens comme elle, sans moyens ni famille. Mais je vais plutôt la faire incinérer au Père-Lachaise.

— Mais tu ne connais pas ses dernières volontés ?

— Non, je vais simplement faire comme si c'était pour moi.

Les yeux de Véronique se sont arrondis.

— Ah oui, tu es en plein transfert !

On a éclaté de rire en même temps. Elle est con, mais elle a raison.

— Et le boulot ? Tu as pris quelques jours ?

— Non, j'ai démissionné ce matin.

Elle est restée baba.

— Et ce soir je vois un homme pour la seconde fois.

— J'en étais sûre ! Tu sens le sexe à plein nez !

Cette fois, c'est moi qui reste baba. Dans sa bouche, le sexe a presque quelque chose de gourmand.

— Tu veux que je t'accompagne ?

— Où ? je demande, inquiète.

— Chez le concessionnaire funéraire, après tout c'est aussi mon enterrement, non ?

Je découvre chez Véronique une malice qui fait plaisir. La thérapie de choc semble avoir fonctionné sur elle aussi.

Nous entrons chez le conseiller funéraire avec l'enthousiasme et la légèreté d'une virée shopping. Véronique regarde avec attention les statuettes et les urnes qui trônent sur les étagères comme si nous étions dans une boutique de déco. Je la laisse s'émerveiller et je m'assois devant le bureau du conseiller. Je le salue tandis qu'il essaie de remettre un nom sur mon visage.

— Bonjour, je suis venue il y a trois mois pour mon père, je vous avais acheté une concession pour lui et moi.

— Oui, voilà, je vous remets ! Je m'en souviens ! Ce n'est pas une demande très courante ! Votre visage m'est familier, mais vous avez changé quelque chose, non ?

Oui, mon goût pour la vie. Lui en revanche n'a pas changé. Il porte le même costume sombre, les mêmes petites lunettes en métal.

Pas de montre ostentatoire, des fois qu'un détail bling-bling soit sujet à une mauvaise interprétation. Sobre jusqu'au bout des ongles.

— Je dois enterrer une amie, qui est actuellement à l'hôpital Saint-Louis.

Il pense sûrement que je porte la poisse, qu'ils tombent tous comme des mouches autour de moi.

— Permettez-moi de vous présenter mes condoléances.

— Merci. En fait c'est une amie, mais je ne connais pas son identité, je voudrais juste prendre en charge ses frais d'incinération et récupérer ses cendres.

— « On voudrait », intervient Véronique. On fait moitié-moitié ?

— Véronique, on n'est pas au restau !

— Ça va, tu vois ce que je veux dire ? C'est aussi « mon » enterrement, tu l'as dit et tu as raison, donc je veux payer ma part.

Le conseiller nous regarde éberlué. Les larmes, les drames, les chagrins, il connaît, il gère – les prises de bec sur une addition, moins.

— Excusez-moi, mesdames, mais si je comprends bien, vous voulez prendre en charge les frais d'une amie proche mais qui vous est inconnue ?

— Oui, on a le droit ? C'est une SDF, on est devenues amies sur la fin, elle n'avait pas de papiers, plutôt que la ville de Paris l'enterre à Thiais, je propose de prendre en charge les frais d'obsèques avec mon amie, dis-je en lui intimant du regard de se taire. Nous souhaitons une incinération au crématorium du Père-Lachaise.

— J'ai vu une très jolie urne qui devrait lui plaire, propose Véronique, heureuse d'ajouter sa petite touche déco.

Une fois notre numéro de Dupont et Dupond terminé et le problème pécuniaire réglé, nous sommes sorties. Je ne pensais pas que Véronique prendrait cet enterrement si à cœur. Nous nous retrouverons dans quarante-huit heures au cimetière du Père-Lachaise pour une petite cérémonie sobre avant la crémation. Nous nous sommes embrassées et j'ai pris le chemin de la maison. Contente de souffler un peu. Mais pas pour longtemps : j'ai rendez-vous avec Éric dans deux heures.

Je prends une longue douche chaude. J'ai besoin de me délasser, ces dernières heures n'ont pas été de tout repos. Je m'applique à me savonner jusqu'entre les doigts de pied. Je veux sentir bon partout. Je suis heureuse de le voir, tout en appréhendant. De quoi allons-nous parler ? Je ne peux pas lui faire le coup de la culotte à chaque fois. Je veille à mettre de jolis dessous achetés pour l'occasion. L'argent file entre mes doigts. Je ferai mes comptes plus tard, quand toute cette frénésie sera passée. Nous sommes convenus de nous retrouver au bar de l'hôtel Costes. Un endroit chic et lounge, *a priori* propre aux retrouvailles. Mais c'est le genre d'adresse qui m'intimide, où l'on côtoie des stars et des top models et où les serveuses ont l'air plus chic que moi. Et surtout plus jeunes. Je ne suis pas sûre d'y être à mon avantage. Je suis une femme Flunch.

Pour me motiver je pense à sa bouche chaude, ses lèvres sur les miennes. Son sexe dur qui se dresse pour moi. J'ai à nouveau faim de lui. En sortant de la douche je découvre un sms d'Éric.

« Je suis encore au boulot, et si je débarquais un peu plus tard chez toi avec des pizzas ? »

Soulagée, je suis. La femme Flunch et l'homme Domino's Pizza. On est faits pour s'entendre.

Il sonne à la porte une heure plus tard.

— Bonjour, vous avez commandé des pizzas ?

Un courant d'air frais le précède, son nez est rougi par le froid, il est engoncé dans sa doudoune mais il me sourit.

Je l'accueille, ravie. Ce soir je vais me taper le livreur.

— Désolé, j'ai été retardé et je me suis dit que c'était peut-être plus simple qu'on se voie comme ça. On aurait pu aussi aller chez moi, mais le temps que je range mon bazar, ça aurait fait encore plus tard.

— Une prochaine fois, je réponds avec malice. Je t'avoue que ton sms m'a soulagée, je n'ai pas trop l'habitude d'aller dans des endroits hyper branchés, je n'y suis pas très à l'aise et je ne sais jamais comment m'habiller.

— Moi non plus, c'était pour t'épater, faire mon Parisien.

— Tu n'es pas parisien ?

Je fais semblant de ne pas avoir fouillé sa page Facebook en long, en large et en travers.

— Non, je suis de Bordeaux. J'y descends dès que possible.

On mange nos pizzas avec appétit.

— Tu veux du vin ? J'ai une bouteille qui doit traîner quelque part, j'espère qu'elle est bonne, je ne suis pas une experte.

Je fais mine de ne pas avoir dévalisé le caviste juste avant qu'il arrive. Chacun sa coquetterie.

— Qu'est-ce que tu as fait de beau aujourd'hui ? demande-t-il en coupant la deuxième pizza.

Une question on ne peut plus banale, mais que je redoutais un peu. Je ris nerveusement pour masquer ma gêne.

— Heu, voyons voir, j'ai donné ma démission et je me suis occupée de l'enterrement d'une amie.

Sa pizza s'est stoppée net devant sa bouche. Il déglutit un peu vite et manque de s'étouffer.

— Ça va ? je demande en riant.

Je lui tends un verre de vin. Il me regarde, interloqué. Il prend le temps d'avaler une gorgée pour se dégager la trachée.

— Je ne comprends pas, tu pleures après avoir fait l'amour et tu ris quand tu enterres quelqu'un ? T'es spéciale, toi !

Je le prends comme un compliment.

— Tu trouves ?

Et je pars dans un fou rire aussi bête qu'irrépressible. Je ne peux plus m'arrêter. Une vraie folle. Mon Dieu, fallait que ça tombe sur lui.

Il me regarde mi-inquiet, mi-souriant.

— Excuse-moi, tu me rends nerveuse.

— Et c'est bien ou c'est pas bien ?

— C'est bien, je murmure.

En réalité, la seule chose qui pourrait me calmer c'est qu'il me prenne, là, tout de suite sur le tapis du salon. Et c'est exactement ce qui arrive. On se jette l'un sur l'autre pour s'embrasser à pleine bouche. Le fou rire fait place aux gloussements puis aux gémissements.

Quelques minutes plus tard, nous sommes nus et en sueur sur le canapé. Les cartons à pizza sont ouverts sur des parts refroidies et peu appétissantes. Nous migrons d'un commun accord vers le lit. Pelotonnés sous la couette nous reprenons notre conversation là où elle s'était arrêtée.

— Tu as vraiment démissionné ?

— Oui, vraiment.

— Je t'envie.

— Pourquoi tu ne le fais pas ?

— Je ne sais pas, l'argent peut-être ? répond-il avec une pointe d'ironie.

— Moi, de l'argent, j'en ai plein, lui dis-je crânement.

— Ah bon ? Tu m'intéresses alors, et le voilà qui se fait plus insistant dans ses caresses.

— Tu ferais quoi si tu avais de l'argent ? je lui susurre en répondant à ses caresses.

Il gémit doucement.

— Je sais pas, je voyagerais, j'irais faire un trek au Népal.

— Et tu m'emmènerais ?

— Bien sûr, surtout si tu payes le voyage.

Notre conversation s'interrompt pour se poursuivre en langage des mains. Après ma très longue hibernation je suis insatiable. J'ai le diable au corps. Puis nous tombons dans une agréable torpeur et je m'endors rassasiée et repue comme un bébé. Comme si j'étais à ma place dans ses bras, comme si l'odeur de sa peau m'était familière. Comme si j'avais toujours été une femme comblée.

Éric est parti au petit matin. Il m'a laissé un petit mot d'excuse. Il est désolé de ne pas pouvoir rester pour m'aider à ranger le désordre qui règne dans mon salon. Comme si on avait besoin d'être deux pour ramasser deux boîtes à pizza vides, deux verres de vin et des restes tombés sur le sol. Mais j'ai trouvé cette attention délicate. Du coup, en ramassant nos restes épars, c'est comme s'il le faisait avec moi. Je souris bêtement en pensant à lui, à notre soirée, à nos étreintes et à nos futures retrouvailles. C'est comme s'il avait pénétré mon corps, mon cœur et mon âme.

Serait-ce cela l'amour ?

Sentir la présence de l'autre même quand il n'est pas là ?

Ne plus jamais se sentir seule ?

La cérémonie s'est tenue dans une atmosphère solennelle et dépouillée. Nous ne voulions pas de musique d'accompagnement. Le silence et le recueillement lui allaient bien. Véronique était très émue. Elle a beaucoup pleuré, tout en jetant des regards curieux à Franck qui faisait comme si elle ne le regardait pas. Il était digne et beau, comme toujours. Je sentais une grande tristesse maîtrisée en lui. Quant à moi, je pleurais bien sûr, prise par l'émotion, tout en sachant que le pire était derrière pour cette femme. Je ne connaîtrai jamais son nom, seulement son visage. Je ne saurai jamais ce qui l'a fait trébucher, tomber, basculer, sombrer dans un dénuement aussi sordide. Peut-être un divorce, une longue période de chômage, un mari brutal, une famille toxique, une enfance malheureuse, ou la perte inconsolable d'un enfant. Je ne peux qu'imaginer des histoires plus tristes les unes que les autres. Je ne sais pas si Dieu existe, mais ce qui est sûr c'est qu'elle a déjà connu l'enfer. J'espère qu'elle est bien où elle est. Le cercueil s'est avancé tout doucement sur son tapis vers un mur de flammes. Puis s'est enfoncé jusqu'à disparaître totalement. Nous sommes sortis la gorge nouée.

Trente minutes plus tard, on m'a remis l'urne dans une boîte. Elle était chaude, comme une bouillotte brûlante. Avec Véronique nous sommes convenues que je disperserai les cendres plus tard, quelque part au Népal ou ailleurs, loin, très loin du métro Parmentier et de ses odeurs confinées. Mais en attendant qu'Éric et moi préparions ce trek, elle gardera l'urne chez elle.

Pour ma part, je ne souhaite plus programmer ma mort. Je sais qu'elle viendra et cette certitude me suffit. Peut-être demain, dans un mois ou dans dix ans, peu m'importe. Ce sera la surprise. J'espère seulement qu'elle sera bonne.

Du même auteur :

BIEN FAIT ! comédie graphique, Éditions Delcourt, 2015.
QUESTION DE STANDING, roman, Denoël, 2017.

PAPIER À BASE DE FIBRES CERTIFIÉES

Le Livre de Poche s'engage pour l'environnement en réduisant l'empreinte carbone de ses livres. Celle de cet exemplaire est de :
250 g éq. CO_2
Rendez-vous sur www.livredepoche-durable.fr

Composition réalisée par PCA

Achevé d'imprimer en octobre 2017, en France sur Presse Offset par
Maury Imprimeur – 45330 Malesherbes
N° d'imprimeur : 222301
Dépôt légal 1re publication : octobre 2017
Édition 02 - octobre 2017
LIBRAIRIE GÉNÉRALE FRANÇAISE – 21, rue du Montparnasse – 75298 Paris Cedex 06

32/6328/3